TEMPOS E MARGENS

TEMPOS E MARGENS

Alexandre Haubrich

o tempo não é linear. o tempo vicia-se em ciclos que obedecem a lógicas distintas e que se vão sucedendo uns aos outros repondo o sofredor, e qualquer outro indivíduo, novamente num certo ponto de partida.
Valter Hugo Mãe

Somos una especie en viaje
No tenemos pertinências, sino equipaje
Vamos con el polen en el viento
Estamos vivos porque estamos en movimento
Jorge Drexler

© Alexandre Haubrich, 2022

Editores
Lívia Araújo
Flávio Ilha
Preparação
Lívia Araújo
Projeto gráfico e editoração
Studio I
Foto da capa
Flávio Ilha

H368t
Tempos e margens / Alexandre Haubrich
Porto Alegre : Diadorim Editora, 2022.
120 p. ; 14 cm x 21 cm.
ISBN 978-65-85136-00-6
1. Literatura brasileira. 2. Contos. I. Título

CDD 869.8992301
CDU 821.134.3(81)-34
2022-3455

Dados internacionais de catalogação na publicação (CIP) de acordo com ISBD
Odílio Hilario Moreira Junior – CRB 8/9949

Todos os direitos desta edição reservados a

SUMÁRIO

O tempo e as margens	11
Banalidades	12
O muro	15
Projeções	25
Hoje eu alcancei o tempo	33
Vintium	38
Amadurecimento	45
A ilha	51
Travessia	63
Donas do tempo	71
Contrafluxo	76
Arame farpado	88
Casaquinho	100
Na última fronteira	108
Nascedouro	118

O TEMPO E AS MARGENS

Quando o primeiro átomo do mais longo dedo do pé que ia à frente tocou a água, senti que eu era mar. Deixei que o mar me dissolvesse e apaguei do meu pensamento as margens que nunca foram a não ser como ilusão. Entendi naquele toque que nunca houvera não-toque, que tudo era o mesmo. E entendi naquele instante que nunca houve instante, que o tempo era um só. Deixei-me engolir pelo mar que também era eu e me deixei, eu, mar, ser engolido também por mim mesmo. Nunca houve margem, nunca houve instante. O pé que instantes antes tocava a margem exata entre a areia e o mar sempre fora areia, sempre fora mar. Senti a água de fora integrar-se à pele e senti que a desintegração anterior era um unicórnio triste, ilusão bem colorida, mas mal intencionada, agora também mal sucedida. A areia era eu, o mar era eu e eu não era eu, eu era mais. No instante seguinte, percebi: as margens que eu imaginava só existiam como ilusão, mas essa também é uma forma de existir, e, se não há margem, que margem pode haver entre a ilusão e o que é? Foi no instante que não existe que eu soube que não há margem, mas que há mar. Enchi os pulmões com um ar que era eu e me deixei boiar sobre as pequenas ondas que eu reconheci imediatamente como partes do tempo e da margem e do mar e de mim.

BANALIDADES

APERTEI A GARGANTA, FIRMEI O MAXILAR, ENCOLHI OS OLHOS e tentei respirar, mas o ar veio curto, fino e insuficiente. Não insuficiente para seguir vivendo, mas para acreditar que daqui a pouco ainda estaria assim, relativamente vivo. Mas nunca se sabe, dizem que a morte é a única certeza, mas a verdade é que ela só vira certeza quando já é, e quando já é a gente já não é, então não pode saber com certeza nem sem certeza se ela já chegou.

Não sei também se na horizontal é mais fácil ou mais difícil de respirar, nunca reparei nisso até estar aqui, na horizontal, a me agarrar em cada inspiração como quem agarra a vida. A morte é um não saber enorme, o maior deles, mas a vida também é não saber. Não sei, inclusive, se estou de fato morrendo ou se daqui a pouco o ar vai voltar a entrar cheio pelas minhas narinas, se vai preencher suavemente os meus pulmões, se vou levantar daqui e talvez tomar uma cerveja. Mas isso eu já disse, que a morte é certeza só até ali, só até a curva da vida em que ela nos puxa, e, como talvez logo não tenha espaço, corpo, tempo e algum modo de dizer, não quero me repetir demais.

Estou sozinho e isso me dá tranquilidade para pensar e para sentir e para pensar no que estou sentindo e tentar adivinhar se consigo ou não continuar sendo. Esse chão nas minhas costas nuas me incomoda, me dá coceira, mas não tenho forças para me levantar ou para me coçar ou sequer para me virar de lado e transferir para o braço o apoio. Olho para cima e o teto é azul, bem claro, o sol está por tudo, mesmo que chova. Estou vivo.

    Tem aquela história de que, quando vamos morrer, passa um filme na cabeça, com toda a nossa vida. Até agora não tem filme nenhum, só tem essa luta pra respirar, esse teto azul chuvoso e ensolarado, essa dúvida. É claro que lembro de todo mundo: estou caído, mas não desmemoriado. É claro que penso em alguns momentos da minha vida, mas só porque uso o passado como motivo para buscar o ar que me permitirá o futuro. Mas isso não é exatamente o que toda a gente faz, de uma forma ou de outra, na hora de morrer ou na hora de viver? Vai se alimentando dos pedacinhos de passados – o nosso, os dos outros que conhecemos, os de quem nunca vimos, os das gerações que vieram antes. E com esse alimento vai preenchendo a vida e projetando o futuro. Acho que estou igual, só com menos ar e essa dúvida sobre se vou poder ser daqui a pouco. Sinto, penso. Não tem romance, não tem luz, não tem escuridão, tem o mundo mais ou menos igual a quando eu estava em pé e respirando o ar inteiro.

    Sinto, também, uma urgência crescente. Mas sei que quem a pariu foi o medo. O medo de morrer acelera tudo. Não um medo distante, precavido. Me refiro ao Medo. E à Urgência, sua filha. E se forem os últimos respiros, os últimos esforços, os últimos ouvires, os últimos dizeres? O coração acelera na Urgência filha do Medo, mas e se for pra acelerar muito, acelerar tudo e, de repente, parar, e, de repente, nada? Urgência.

    Quero ouvir mais quero dizer mais quero ver mais então me agarro à vida tenho pressa tenho urgência tenho muito por viver tenho muito por sentir tenho muito por pensar quero pensar na vida em cada instante que vivi mas será que dá tempo a respiração cada vez mais difícil a Urgência cada vez mais invadindo quero pensar um pouco em cada um um pouco em cada momento mas só penso na Urgência e no Medo e no ar e na vida inteira preciso de mais tempo vou me agarrar como der não importam os erros não importam os medos nãoimportanãoimporta quero mais quero continuar quero seguir mas o ar mais sai do que entra são pequenos suspiros e não quero que acabe estou agora no Medo na Urgência descobrindo que tudo na vida faz sentido só por ser vida e por cada instante e por cada caminho e que o sentido é um só e são todos e que-o-sentido-é-

O MURO

Foi porque o muro era gigante que comecei a desenhar o meu mundo. Não tinha giz, então meus desenhos eram talhados a pontas de tijolo que eu encontrava pelos cantos. Era melhor do que desenhar no papel: não precisava apontar o lápis e a mãe não brigava se o traço ultrapassava o papel e riscava o sofá. O muro era um papel que não tinha fim e o tijolo era um lápis de mão inteira. Eu era uma criança que gostava de riscar.

Saía da escola, no fim da tarde, e seguia para casa tendo como única companhia a expectativa do desenho. Quando chegava ao ponto do muro onde tinha parado o desenho no dia anterior, cavava um pouco no chão e encontrava o pedaço de tijolo que, naqueles dias, fazia as vezes de lápis. Não seria difícil encontrar outro tijolo, havia um pouco de demolição a cada passo, mas, até que não conseguisse mais firmá-lo na mão, mantinha comigo o mesmo toco. Em parte, porque com os dias e as repetições de movimentos ele se moldava às minhas pequenas mãos. Em parte, porque cada toco virava um amigo com quem eu conversava em silêncio, compartilhando segredos que não contava a mais ninguém. O muro era a linguagem pela qual nos comunicávamos, eu e o toco de tijolo, eu e o mundo.

Eram segredos em forma de desenhos aparentemente banais. Um carro, por exemplo. Mas dentro do carro estávamos eu, minha mãe, meu pai, minha irmã, meu avô 1, meu avô 2, minha avó 1, minha avó 2, minha professora, o moço que ouvíamos cantar no rádio, a moça da padaria que me dava balas, o cachorro que morava livre na nossa rua. Até o passarinho que me olhava convidativo pairando logo acima de mim também estava no carro. Embora o muro fosse gigante, o carro que eu desenhava nem era tão grande assim para caber todo mundo, mas era justamente esse o segredo que eu compartilhava com o tijolo que me servia de lápis: eles estavam todos ali.

Quando meu braço cansava, eu sentava no chão, apoiava as costas no muro e largava o tijolo no colo. Geralmente era no fim da tarde. De costas para o muro, eu via o sol descendo lá na frente até a noite chegar. Olhava aquele sol enorme, que ia se esquivando pelo meio dos telhados e das árvores. Era como um desmaio falso, em que a pessoa vai caindo aos pouquinhos e ainda cuida pra não bater em nada. O sol não batia em nada e ia aos pouquinhos, descendo, descendo, e descia de vez. Aí, como já não dava pra enxergar o que eu queria desenhar, era hora de ir embora.

Pra poder desenhar mais, tentei algumas vezes acordar mais cedo e ir para o muro antes da escola. Mas aí demorava muito para poder enxergar qualquer coisa. O muro tapava o sol, escondia a claridade e não deixava que eu seguisse desenhando ali o meu mundo. Não chegava a ser escuridão, mas era quase. Era um breu que parecia que nunca ia passar. Mas passava. Uma hora sempre passava.

O problema é que, quando passava, já era hora de estar na escola e eu já não podia desenhar.

Aquilo começou a me incomodar. Eu queria desenhar mais. Eu queria mais. O muro estava todo ali, pronto para ser desenhado, mas era ele próprio o que me impedia os rabiscos. Era a folha que receberia minha voz, mas era a barreira que a proibia de sair de dentro de mim.

Um dia, entediado em casa, mexendo em gavetas aleatórias como que procurando algo sem esperança de encontrar e sem ao menos saber o que procurava, coloquei minha mão por baixo de alguns papéis e encostei em algo gelado. Puxei para fora. Era uma pequena lanterna cinza, não muito maior do que minha mão. Instintivamente, empurrei para a frente o botão retangular e, na claridade da sala, vi apenas uma pequena luz contra o móvel marrom. Coloquei a outra mão entre o móvel e a lanterna e, então, a luz ficou mais forte. Apaguei a luz e, antes que minha mãe reclamasse da escuridão repentina e, para ela, inesperada, movimentei a lanterna com o foco de luz apontado em direção ao teto, acompanhando o pequeno clarão com a boca entre aberta e os olhos concentrados. Em poucos minutos, chegou a hora de jantar e tive que abandonar a brincadeira. Mas, no dia seguinte, botei a lanterna na mochila e saí de casa mais cedo, ansioso pelo muro.

A cada passo, tinha mais certeza: não vai mais ser barreira, agora vai ser só folha. Já por perto, arrumei mais tijolos. Esses não seriam lápis, mas mesa. Fui empilhando um no outro, em duas colunas encostadas uma na outra, até que cada uma chegou a cinco tijolos, alcançando mais ou menos a altura em que eu me colocava sentado para desenhar. Ali apoiei a lanterna, empurrei o botão e um pedaço do muro iluminou-se. Imediatamente, sorri um sorriso leve, senti minhas bochechas borbulharem formando quase um pequeno riso, senti os olhos apertando para compor o mesmo sorriso e até a ponta do nariz eu senti arrebitar um pouquinho. O tempo já não me limitava. Com a lanterna, a qualquer hora eu poderia construir o meu mundo no muro, nenhum momento de silêncio era mais necessário para mim.

Passei, assim, a ir mais cedo para a rua. Caminhava até o muro, construía o apoio de tijolos, acionava a luz da lanterna, cavava para pegar o toco e começava a desenhar.

Foi naquela época que acrescentei ao muro o primeiro desenho de pessoa. Por vergonha, eu tinha medo de que alguém pudesse me ver ali, frente a frente com aquele desenho de pessoa, e achar que eu tinha desenhado a mim mesmo. O desenho era, na verdade, um amigo com quem eu às vezes conversava. Tinha cabeça, nariz e boca, um pouco de cabelo. Mas os olhos, eu não desenhei. Assim, podia imaginar que ele me observava chegar ao muro, acompanhava enquanto eu fazia outros desenhos e, por fim, me via seguir rumo à escola, ou, no caminho contrário, em direção à casa.

Foi também por esses tempos que desenhei animais que nunca desenhara e redesenhei, com novos formatos, outros que já habitavam os riscos do muro. Foi por causa da lanterna e do que aprendi com ela. Um dia, ainda escuro, logo que posicionei a lanterna sobre o monte de tijolos, ajeitava o toco de riscar entre os dedos quando percebi que uma sombra se formara no muro. Era como um desenho sem risco, uma mancha escura que se movimentava conforme os caminhos que minhas mãos seguiam pelo ar. Uma imagem fluída, meio torta e livre.

Naquele dia, o toco de tijolo ficou de lado. Movia as mãos de um lado para o outro, entrelaçando dedos, revezando o laço, experimentando as formas, trocando os encaixes. Quando a mistura entre as mãos projetava uma sombra reconhecível, eu parava, olhava para a mancha no muro, olhava para minhas mãos e, então, procurava oferecer movimento àquela composição. Seguia assim por alguns minutos, até dar início outra vez ao ciclo de encaixe, desencaixe e descoberta.

Afastando-me da lanterna em direção ao muro, percebi a sombra ficava menor. Passei, então, a brincar com as distâncias, que era também brincar com os tamanhos, com os personagens e com as formas. Se eu estava mais perto da luz, minha sombra era maior, meus movimentos apareciam mais precisos e eu podia enxergar melhor o mundo projetado. Se, ao contrário, me afastava da lanterna, cada movimento parecia ter menos significado se eu olhava para o muro, mas, ainda assim, eu sabia que o gesto estava ali, dentro da sombra. Tudo valia. A cada novo movimento, novo formato ou nova descoberta, meu mundo ficava maior.

O mesmo servia para os objetos que passei a utilizar. Além do meu corpo, passei a brincar de sombras e de mundos projetados com pequenos galhos, pedaços de madeira e até com os tocos de tijolo que antes usava para riscar o muro. Por meio de suas sombras, os galhos se tornavam chifres de animais, a madeira se transformava em casa, os tocos de tijolo faziam nascer dedos gordinhos para serem somados aos meus em uma espécie de entrelaçar carinhoso que, a despeito do frio na minha mão, me esquentava pelo sonhar que a projeção permitia.

Certo dia, depois de noite mal dormida, com sono, notei em um espreguiçar que também meus braços poderiam ser somados à brincadeira de criar o mundo a partir da minha sombra. Passei a compor figuras mais complexas, mais amplas e capazes de diferentes movimentos. Pensei que, se os braços podiam, o restante do corpo também era capaz. Então, com meu corpo todo, executava movimentos em frente ao muro fazendo refletir nos velhos tijolos novas formas, novas manchas. Pulava para um lado com os braços abertos, os dedos formando pequenos ganchos, o rosto voltado para a frente e, como que no mesmo movimento, saltava de volta para onde estava antes, torneando os braços em direção à cintura e encerrando a sequência com os dedos apontados para cima. No silêncio do início da manhã, dançava com a sombra que eu mesmo criava e admirava o mundo que nascia de mim.

A vida estava ali, a liberdade, o movimento. Mas faltava a permanência. Se minhas mãos cansavam, tudo se perdia. Se eu ia embora, no outro dia nada estava lá. As sombras não conseguiam se tornar concretas, não passavam disso: sombras do mundo que eu vinha desenhando e abandonara, agora eu percebia, por uma ilusão. Bonita, é verdade, mas ainda assim uma ilusão. Entendi que poderia voltar a ela de vez em quando, aproveitar as incertezas das formas fluidas, mas que também precisava construir algo mais estável, que pudesse estar dentro de mim sem escapar e do qual eu pudesse estar dentro sem me derramar. Que não fosse só sombra, mas textura, corpo, traço.

Voltei ao toco de tijolo que abandonara há algumas semanas e que fora retomado apenas para projetar uma segunda mão sobre a minha. Agora ele voltava a ser o que era antes, meu meio de criação. E, com ele, acabei com a saudade do desenho riscado, mas, principalmente, de algo de que nem sabia antes que estava ali: o prazer da contemplação. Desenhava, sentava apoiado aos tijolos sobre os quais estava a lanterna e, então, passava minutos e mais minutos observando os traços frescos. O movimento que eu gostava nas sombras passou a estar ali, nas histórias e caminhos que passei a criar na imaginação a partir da contemplação do que recém criara no muro.

Um dia, desenhei um camelo, um traço longo com duas saliências, quatro pernas e uma espécie de bico que alongava uma das extremidades, formando o que, para mim, era o focinho. Sentei e fiquei a imaginar as viagens daquele camelo pelo deserto. Na viagem, iam junto muitos camelos, lado a lado, sem ninguém em cima, sem sede, sem certo ou errado, só caminhando e olhando o horizonte e pisando a areia macia. Esse dia foi um camelo, no outro foi um elefante, no outro uma pessoa. Os personagens variavam, mas era assim, foi assim por dias e dias. E, nas histórias que eles viviam, sempre tinha sol, apesar da escuridão que o muro impunha ao meu olhar, impedida apenas pela lanterna.

Um dia eu desenhava um grupo de passarinhos quando percebi que a luz oscilava. Achei que era minha vista cansada, pisquei os olhos e, ao contrário do que se espera das primeiras horas da manhã, parecia cada vez mais escuro. Olhei em volta e entendi: a lanterna começava a fraquejar, sua energia estava por acabar. Em poucos minutos, não poderia mais contar com ela, e o sol, ainda atrás do muro, seguia longe de aparecer – e, quando aparecesse, seria já hora de ir embora.

Comecei, então, às pressas, um novo desenho. Comecei riscado o pedaço do muro que se juntava ao chão e, em um contorno arredondado, fui subindo o toco de tijolo, arredondando, arredondando e arredondando, subindo em uma parábola e, então, descendo no mesmo movimento em retorno ao chão. Estiquei o braço ao máximo, formando o maior semicírculo que poderia formar me mantendo sentado. Desenhava um grande sol nascente. Riscava rápido, tentando vencer a velocidade do apagar da lanterna e terminar o meu sol antes que ela terminasse sua luz. Depois do traço amplo, do contorno geral, quis deixar aquele sol mais visível e, para isso, precisava de mais trabalho. Risco risco risco, o toco de tijolo em atrito com o tijolo do muro, veloz, agudo, pressionado com força, centímetro por centímetro e de volta do início.

No exato instante em que a lanterna apagou, outra luz nasceu. Com o pressionar da minha mão sobre o toco e do toco sobre o muro, a barreira rompeu-se e a luz do sol passou pelo pequeno furo para iluminar o lado de cá. Passei a desenhar com ainda mais força e velocidade. Segui assim por todo o contorno que construíra, como quem pisa e repisa e salta em cima de um X que marcou no chão. Minha mão caminhava pelo muro, escorada no toco, e fazia com que, pedacinho a pedacinho, tudo fosse sendo rompido para abrir caminho para a luz que penetrava pelas frestas e reordenava o cenário onde me encontrava.

A cada movimento, mais sol passava. A luz que se escondia do outro lado do muro agora chegava até mim, permitia que meus olhos enxergassem e que meu corpo se aquecesse. O semicírculo que antes era de riscos foi se tornando um contorno de luz. Acelerei o que agora era um corte. O aumento da velocidade já não era por pressa, mas por empolgação. Sentia uma urgência que, ao contrário de antes, não tinha razão prática, era quase como uma saudade antecipada, um aperto que me fazia raspar mais e mais, pressionar e riscar até que o risco se tornasse vazio e o vazio se tornasse luz. Senti meu coração batendo mais rápido e, nesse mesmo ritmo, raspava o toco contra o muro. Tum tum tum, risc risc risc. Pareado com a pulsação, fui retalhando o muro. Algumas lascas caíam para o meu lado, outras para o outro, mas o importante era que a luz passava.

Depois de partir de rente ao chão e ir subindo, chegar ao cume e iniciar a descida, me aproximava, finalmente, do chão, agora na outra ponta do semicírculo. A parte do muro que ficava abaixo do meu traço já balançava levemente. Um pequeno empurrão e ela tombaria. Um risco a mais no canto que restara conectando uma parte à outra e aquele pedaço também iria ao chão.

Ao perceber a iminência do rompimento definitivo, embora o coração seguisse acelerado, foi como se tudo ficasse em câmera lenta. Descolei a mão do muro, amoleci os dedos para soltar o toco no chão, movimentei a mão em direção à cabeça e a esfreguei no cabelo nervosamente. Não foi minha intenção, mas um pouco do pó do muro ficou por ali, grudado no suor do meu couro cabeludo.

Retornei a mão lentamente ao muro, à parte que tremia prestes a desabar. Fechei os olhos e, com todo o cuidado, acariciei a superfície onde por tanto tempo desenhara, apagara, criara e recriara mundos. Lembrei com carinho de alguns daqueles desenhos, e, ao passar a mão na pedra, foi como se contornasse traços já apagados, como se afagasse o passado com o mesmo movimento que acenava um adeus.

Abri os olhos e encarei o último fio de concreto que ainda segurava aquele pedaço de muro. Peguei, então, o toco que largara no chão e, em um movimento rápido, rompi o resto e um raio somou-se aos demais, formando um traço completo de luz, de chão a chão. Fechei novamente os olhos, encostei a testa no trecho recortado e deixei meu peso fazer o resto.

O recorte tombou para o outro lado e, quando abri os olhos novamente, o que vi foi diferente de tudo o que já pudera desenhar ou mesmo imaginar. O buraco, em forma de meia lua deitada, deixava passar a luz. Era como se, no mesmo espaço e no mesmo instante, estivessem no mesmo corpo uma lua que dormia e um sol que nascia junto ao muro, brotando do chão e iluminando o lado de cá.

PROJEÇÕES

Na época, nos pareceu que o horror tinha chegado aos poucos, mas logo entendemos que ele já estava ali desde muito antes – assim como a saída. Foram projeções que nos levaram a ele, projeções que nos mantiveram vivos e projeções que nos deram a chance de encerrar seu triste reinado.

Vivíamos o velho normal, um normal caduco, cambaleante, corroído. Mas um normal. Um silêncio, que é o som que costumam ter esses normais. E então, soubemos que o horror se apresentara, mas lá longe. Nada a ver conosco. Não era problema nosso. O horror só nos alcançava via cabo ou satélite. Mas, um dia, passou a nos tocar diretamente. Seus suspiros passavam junto às nossas janelas e tínhamos sorte se não entravam na nossa casa emaranhados em qualquer pequena brisa. Uma sorte que cada vez menos de nós podiam compartilhar.

O horror vinha pelo ar e, quando conseguia segurar alguma mão distraída, não era fácil fazê-lo soltar. Não era um segurar passivo, não era um abraço tranquilo, era um puxão que queria arrastar para a morte. E, muitas vezes, arrastava. Para os mais velhos, claro, o caminho era mais curto. A proximidade com o fim já era uma realidade, então o horror tinha menos a percorrer em sua ânsia pela nossa agonia. Para os outros, porém, também não havia qualquer garantia: era uma luta ingrata da qual, mesmo que saíssemos vivos, não saíamos tão vivos assim.

Quem era tocado pelo horror perdia partes do

que de mais vivo há em nós. Não podiam mais sentir o gosto de uma amora madura ou o cheiro do feijão da mãe. Não podiam sentir o respirar profundo de uma corrida junto ao rio, nem a pele fresca de um dia no parque. Às vezes, depois de algum tempo, tudo isso voltava. Outras vezes, nunca mais. De um jeito ou de outro, ficava a experiência do medo: o medo da morte e o medo da perda – dos outros ou de pedaços de si mesmo.

***

Nos primeiros momentos, pensávamos que o horror tinha chegado um instante atrás, aos poucos, primeiro pelos cabos e satélites, depois pelo ar, pelas janelas, pelos outros. Errávamos. Aos poucos, todos fomos percebendo o que alguns já diziam: o horror tinha começado a chegar bem antes, caminhando entre as calçadas. Empurrara para longe os corais que cantavam por um normal mais igual e deixara as ruas ocupadas pela raiva cega, pelo ódio surdo e pela mudez do amor. O normal passou a ser pior. E o horror foi se espalhando pelas cabeças e pelos corações, muito antes que chegasse às bocas, narizes e pulmões. Foi nos levando à tristeza muito antes de nos levar à morte.

O horror passou a ter poder, a tomar as decisões, aplaudido pela horda assustada com as ilusões que lhe tinham sido contadas. A horda via projetados pesadelos que não existiam e, para apaga-los das paredes brancas onde os enxergavam, os hospedeiros do horror pintavam essas paredes com tintas das cores que o horror lhes oferecia.

Foi assim, nas tintas que se espalhavam cobrindo desenhos imaginários nas paredes brancas, no medo que fermentava na escuridão da autorrealidade e virava ódio, na escolha pela dureza do ferro em vez da flexibilidade da madeira. Foi assim que o horror original se alastrou por um paraíso que nunca existiu e foi se metamorfoseando e criando asas e criando patas e ultrapassando a solidez para tomar de assalto o ar e, das salas escuras dos velhos porões, alcançar nossas janelas em novas roupas, mas com a velha podridão da morte que, mais do que projetada, é anunciada, e, mais do que anunciada, é celebrada.

Foi assim que, enquanto o horror chegava para alguns em forma de ódio, visitava outros em forma de medo. Quem os suspiros do horror alcançavam, temia o sufocamento. Mas quem não era alcançado pelos suspiros do horror também tinha medo. Medo do ar, da rua, dos outros. Foi por isso que ficamos em casa.

**

O horror fez com que deixássemos de viver sob o sol. Já não nos aquecíamos por inteiro e a claridade chegava turva. Com saudade, lembrávamos de quando o sol nos abraçava profundo, de quando sua luz entrava por nossos olhos e tornava-se um calor denso, porém macio, capaz de fazer com que nos sentíssemos forrados com almofadas novas. Agora, era o mesmo sol, mas nos víamos como amigos que não se encontram há tempos, querendo reaver a intimidade mas incapazes do reencontro completo. Da rua, o sol se projetava pela janela da sala, se esticava querendo nos envolver, mas apenas podia nos tocar com as pontas dos dedos. Das outras janelas, apenas luzes fugidias, fugazes, filetes de calor que mal roçavam nossos fios de cabelo e, nas nossas profundezas, não seriam capazes de chegar.

Assim ficamos por quem sabe quantas voltas de qual ponteiro ou quantas páginas viradas da agenda ou folhas arrancadas do calendário. Ficamos e era, realmente, como se ficássemos. Porque pouco havia de andar, pouco havia de caminho, cada passo tão lento como um arrastar-se visto de longe longe longe a ponto de sequer perceber-se o movimento. E, sem se perceber o movimento, não há rapidez e não há vagar, os ritmos se misturam, os ponteiros são virados e as páginas arrancadas e as folhas dão voltas ao redor do centro exato de lugar nenhum.

No início, éramos feitos de dúvida. Depois, medo. Tédio. Incerteza. Cansaço. Tensão. Ansiedade. Uma grande e louca e confusa mistura de vozes. Silêncio fora, gritaria dentro. Os sonos tomaram novas formas: os de casa, como ambiente constante; os da rua, como um ambiental distante, fundo de cenário, longe de nós.

Tudo foi sendo ressignificado. Pessoas, coisas, ideias. O que era parte, virou tudo ou virou nada ou quase nada ou não muito mais do que uma saudade descansando em um canto de nós ou da casa. As texturas também mudaram, os cheiros, os gostos: ou tudo ou nada. Para uma parte, a presença constante: o tudo. Para a outra, a ausência cada vez mais concreta, coabitante da presença mais ideal: o nada ou quase nada. As rotinas ficaram mais rotineiras, encerradas por sua redução ao mínimo necessário, pela criação de um universo mais fechado, mais coeso e menos poroso. O círculo ficou mais forte porque se reduziu, mas, também por isso, esteve sempre a ponto de estourar em sua potência de amplidão, em sua urgência de mais, em sua luta por superar a projeção e abraçar-se à multiplicidade do sol e da rua e da gente.

***

Pela televisão, chegavam as notícias do horror. Dali, dividiam-se em pequenos pedaços nas telas dos aparelhos de celular, onde se transformavam em medos individuais e coletivos. O horror se bifurcava e se reinventava nas experiências pessoas e dos pequenos grupos, nas fraquezas de cada um, nas vulnerabilidades específicas geradas pelas cabeças ou pelo passado. Nessa reinvenção, seu nome mudava para medo e se espalhava e se compartilhava sem realmente se compartilhar, em uma distância cheia das barreiras impostas pelo horror. O medo já estava lá antes do horror, mas poucas vezes esteve tão aceso, poucas vezes suas chamas e suas brasas encontraram terreno tão aberto para se espalharem. As barreiras das paredes e portas e janelas que nos afastavam do horror não eram capazes de detê-lo quando vinha a conta-gotas transmutado em medo.

Ele entrava pelas telas, projetava-se pelas televisões e celulares e tornava-se um ar pesado que enchia a casa. Mas decidimos resistir: à projeção do horror como medo, respondemos com projetando vida pela esperança.

***

Sem sair de casa, com pequenos pedaços que fomos catando pelos cômodos, pelas caixas e pelas cabeças, montamos nosso próprio projetor. Enquanto o horror passava na rua, fechávamos as cortinas, escurecíamos a sala, direcionávamos a luz do projetor e lançávamos sobre a parede – ao mesmo tempo branca e escura – a esperança. E ali, por algumas horas, víamos a vida. Projetávamos fotos e vídeos antigos que refletiam, pelo passado, o futuro que queríamos. Talvez nem sempre soubéssemos, mas aqueles fragmentos de passado também mostravam nas paredes uma parte do que carregávamos no presente. Uma parte boa, de múltiplas texturas e cheiros e gostos, tantas que poderiam nos pesar, mas tornavam o dentro – de nós, da casa, das coisas – mais leve.

    Na maior parte do dia, seguíamos a vida no normal que aquele momento nos oferecia, as rotinas em casa, os cuidados, o olhar de revés desconfiado de que fosse encontrar o horror sempre à espreita. O medo. Mas, aos poucos, as projeções foram ganhando espaço e tempo. Passávamos mais horas enxergando, nas paredes, nós mesmos e o mundo, o tudo e o nada (ou quase nada), as partes que se tornavam todos e os pedaços que viravam saudades, o antes e o depois, com pitadas do agora. As projeções haviam começado na sala, mas logo se espalharam para os quartos. E não apenas nas paredes: no teto, projetávamos estrelas de dia e a luz do sol à noite, pores de sol para acordar e amanheceres para encerrar a tarde. Fomos criando nosso próprio tempo, nossas próprias paisagens, nossos próprios cenários. Fomos trazendo de volta protagonistas recentes que já haviam se tornado antigos e, finalmente, transformado-se em coadjuvantes: agora, estavam à frente da cena novamente. Nas paredes e nos tetos, o horror não fazia parte do passado e o medo não faria parte do futuro.

Quando a sala e os quartos já não comportavam tanta esperança e tanta vida, as projeções chegaram à cozinha, ao banheiro, ao corredor. Por cada canto da casa, espalhávamos curvas, imprevistos que vinham do passado para apontar o lápis que escreveria os dias seguintes. Aceitávamos a escuridão para nela lançar a luz e projetar o novo a partir do que já conhecíamos, para reviver o que era bom querendo que logo ali fosse ainda melhor. Na cozinha, projetávamos experiências gastronômicas, bocas abertas esperando o clique para se fecharem envolvendo sabores e texturas. No banheiro, as luzes lançadas à parede de azulejos verdes corriam como se mergulhassem fundo no mar para retornarem à superfície e tocarem o sol. No corredor, as imagens traziam para dentro de casa as margens de estradas antes percorridas em trânsito e agora atravessadas sob olhar mais atento e compreensivo com a riqueza dos caminhos.

Viagens, passeios, jogos, festejos. Tudo passava pelas antigas paredes, agora transformadas em telas de esperança. Os primeiros passos da nossa filha caminhavam rumo a novos passos que logo viriam, o vento batendo nos nossos cabelos faziam antegozar a sensação da brisa em cada fio, as descobertas de novos lugares e pessoas sugeriam a paciência por futuras novidades, os abraços distribuídos sem medo confortavam os peitos e braços que esperavam por novos enlaces despreocupados.

As projeções foram ocupando todos os espaços, derrubando barreiras com sua luz lançada lado a lado com a esperança. Chegaram às janelas e, não aceitando se verem barradas por mero vidro ordinário, alcançaram as ruas. Fizeram brilhar a calçada suja, se espalharam pelos paralelepípedos, montaram nos capôs dos carros, escalaram as paredes dos edifícios e, em uma aurora boreal fora de lugar e de hora, explodiram em uma chuva de luzes e cores paradas no ar por um instante e logo postas em movimento pela vida que voltava a abraçar-se ao sol e a nós e ao futuro.

HOJE EU ALCANCEI O TEMPO

Depois de tanto tempo vivendo no passado dos outros, hoje eu alcancei o tempo. Ou o tempo me alcançou, não sei. O certo é que nos encontramos e foi um pouco bonito e um pouco feio, que nem as ruas onde eu passo todos os segundos já há vários anos. Faz tantos anos que vivo na rua que o tempo em que eu tinha um teto com paredes já ficou no meu próprio passado, eu que tenho o meu presente no passado dos outros, então imagina só quanto tempo faz. Mas hoje eu alcancei o tempo.

Nesses anos todos, já morei em vários cantos. Mas eu sempre preferi cantos do avesso, a pontinha onde cada rua se junta com a outra. Ali bate mais vento, claro, mas ali eu posso olhar melhor o movimento. Ali eu tenho menos paredes, é verdade, mas ali eu também tenho mais espaço. E eu sempre gostei de espaço e de olhar.

Nos últimos meses, meu canto do avesso era o que entortava a rua 10 e fazia com que ela virasse 11, o que era um pouco estranho porque, pra mim, o 11 parece mais reto que o 10. Esse canto não era só meu, na verdade. A gente de rua não tem canto nem descanso fixo, mas, nesses dias, dividiam aquele teto comigo outros três companheiros. Como o pessoal sempre quer mais parede, não tinha briga pelo meu canto do avesso: eles se espalhavam embaixo da marquise mais pra dentro da rua, eu levava a maior parte do meu dia na dobra.

O ruim da dobra é que ela é mais fria, mas o

bom da dobra é que eu podia sair, voltar, e ela continuava ali, vazia, me esperando. Até parece uma casa de verdade, que a gente sai por algumas horas, volta depois e ela fica lá igualzinha a como a gente deixou, ninguém entra nem nada. Então eu gosto da dobra e parece que a dobra também gosta de mim, porque a gente vive no mesmo tempo, que é diferente do tempo dos outros. Os outros que moram na rua e não gostam das dobras precisam correr, sair rapidinho e voltar rápido, se não a parede deles já é ocupada por outro, e muitas vezes não cabem dois no mesmo espaço. E os que moram nas casas têm lá o tempo deles, os compromissos, e pra voltar pra casa e ela estar igual eles precisam correr o tempo todo. E eles leem os jornais do dia em que estão. Eu não.

Pra quem vive na rua, a cidade é aberta que nem a dobra da rua. Ela vai pra cá e pra lá sem parar, sem início e sem fim, engatando uma parte na outra. Em cada segundo já mudou tudo, o carro que estava aqui já foi pra lá, já chegou outro, já atropelou um ali na frente, alguém passou chorando aqui, outro dando risada ali, e no outro dia pode ser que passe tudo invertido. Que nem a dobra da rua.

O meu tempo também é assim, meio bagunçado, eu não tenho relógio nem celular, então fica meio difícil. Eu sei que horas são pela hora em que os ônibus começam a passar e quando param de passar. E, no meio disso, por alguns movimentos da cidade que se repetem, como a fome que dobra a minha barriga quando o cheiro começa a vir dos restaurantes da rua e como a hora em que o abre o mercadinho que fica quase em frente à dobra onde eu tenho ficado.

Mesmo antes de ficar por essa dobra, era por

esse bairro que eu ficava que nos últimos anos todos. E mesmo todo mundo tendo medo de quem mora sem parede, o dono do mercadinho, que é amigo de todo mundo, decidiu ser meu amigo também. Todo dia ele me dava alguma fruta, alguns conselhos e um jornal. Pra maioria das pessoas, é o jornal que chamam de "do dia", mas na verdade é do dia anterior, já que só tem notícia que já aconteceu. Pra mim, era o jornal de quatro dias atrás. Assim: acontecia a notícia, dia 1. Saía o jornal e as pessoas compravam, dia 2. O dono do mercadinho usava o que sobrava pra embalar coisas, dia 3. Aí no dia 4, quando tinha algum jornal ainda (e quase sempre tinha), era meu.

Eu sempre gostei de ler. Desde que eu vim pra rua é mais difícil porque não é fácil conseguir coisas boas pra ler, porque a fome atrapalha a concentração e também porque o barulho e o movimento da cidade ficam sem parede nenhuma, a gente fica dentro deles e eles ficam dentro da gente, o barulho, o movimento e a fome. Mesmo assim, eu leio o que posso. E um desses possos é o jornal com as notícias de quatro dias atrás. No início me incomodava esse atraso, mas o dono do mercadinho sempre foi tão bom pra mim que eu nunca tive coragem de dizer qualquer coisa. Acabei acostumando a viver noutro tempo, no meu tempo. Quando eu chegava, as pessoas com paredes já estavam quatro dias depois. Eu só tinha direito ao passado delas, mas tudo bem: se elas chegavam primeiro no futuro, também iam acabar morrendo antes. E eu sempre gostei de viver.

Aí hoje aconteceu uma coisa. Perto do meio-dia – eu sei pela fome –, começou uma gritaria que, mesmo estando na dobra da rua, eu não consegui ver de onde vinha. Tentei continuar lendo o meu jornal, uma notícia que contava a história de um prédio abandonado e que estava sendo maltratado pelo tempo, podia até cair. Mas os gritos ficaram mais claros, estavam se aproximando e eram de "pega ladrão". Nada fora do comum, mas atrapalhava a minha leitura. Mesmo assim segui sentado no chão, bem na dobra, minha dobra. Passou um moleque correndo, relógio pendurado na mão. Eu, que gosto de olhar, pouco vejo gente usando relógio, menos ainda gente roubando relógio. Mas a cidade entra na gente e a gente entra na cidade, e eu vi o moleque que passou correndo na minha frente. Moleque magrinho, uns 12 ou 13 anos, mais sujo que o meu jornal. E de relógio pendurado na mão.

Atrás dele, uns 15 metros atrás, corria um policial gigante. Do meu ponto de vista, sentado, parecia ter 10 metros de altura. Corria com o revólver na mão. Foram poucos instantes no meio de toda essa cidade que passou por mim. Mas, bem quando o policial estava passando, meu estômago gritou de fome, se movimentou e, nesse movimento, contorceu meu corpo inteiro. Em um espasmo, sem que minha cabeça organizasse nada disso, meus olhos se entrefecharam, minha testa franziu, foi parar na barriga a mão que segurava o jornal, meio que caí de lado e minha perna se ergueu uns poucos centímetros. Como a cidade, meu corpo se movia por conta própria, ocupava e reocupava espaços, fazia troça com o tempo.

Só que não cabem dois corpos no mesmo espaço, e o policial tropeçou na minha perna enrijecida e descontrolada pela fome. Ele caiu sem soltar o revólver, levantou sem soltar o revólver e, quando olhei nos olhos dele, percebi que ele também tinha fome: o corpo dele se contorcia como o meu. Talvez sem pensar, tal qual eu tivera aquele espasmo um segundo atrás, seus dentes de cima grudaram-se nos de baixo, seu punho esquerdo fechou-se tremendo, sua veia do pescoço quis pular pra fora, seu braço direito ergueu-se na minha direção e seu dedo indicador apertou o gatilho. Hoje a notícia chegou pra mim antes do jornal. Hoje eu alcancei o tempo.

VINTIUM

V
I
N
T
E
E
U
M
.

Viiiiiiiiiiiiiinnnnnnnnnnnnttttttttttttttttttttttttttttteeeeeeeeeeeeeeeeeeeuuuuuuuuuuuuuuuummmmmmmmmm............

Às vezes é assim, quebrado, às vezes é assim, arrastado. Mas sempre esse número na minha cabeça, às vezes pingando, suave e irritante, às vezes martelando, estrondoso, às vezes raspando, áspero. De um jeito ou de outro, o tempo aqui também passa, mas passa devagar. Bem devagar. Bem. Devagar. A não ser quando corre.

Preso, meio metro quadrado é o que tenho para, de alguma forma, encaixar meu corpo. O suor é uma mistura de sorte e azar: emagreço, preciso de menos espaço, mas também grudo em tudo: nos outros, nas paredes, nas grades, no chão. Transpiro quase todo o tempo. Os breves momentos fora da cela, no pátio, são de barulho que eu nem ouço, tão acostumado à confusão contínua que me agride tentando entrar no meu meio metro quadrado. O barulho do pátio é o que passei a reconhecer

como silêncio, aprendizado dos vinte e um anos de vida aqui.
Um
Dois
Três
Quatro
Cinco
Seis
Sete
Oito
Nove
Dez
Onze
Doze
Treze
Quatorze
Quinze
Dezesseis
Dezessete
Dezoito
Dezenove
Vinte
Vinte e um.

Demorou pra ler? Cansou? Deu tédio, pressa, sono? Em cada espaço entre linhas coloque um ano. Lembre-se do último ano da sua vida, cada dia, tudo o que aconteceu, tudo o que você fez, tudo o que lhe fizeram, tudo. Eu mal me movi, preso. Vezes vinte-e-um. Em meio metro quadrado.

Quando cheguei, cheguei assustado. Na primeira noite, pensei que logo sairia da prisão e entraria de volta no mundo. Pensei o mesmo na segunda noite, na terceira, na quarta. De dia, na cela, não se pode pensar muito: a tensão e a atenção não desligam. Mas, de noite, seguia pensando na liberdade, pensando no cheiro de roupa lavada, de mar, de grama cortada, de comida boa, de gente recém saída do banho, pensando no barulho do vento batendo nas coisas, dos cachorros latindo na noite silenciosa, de palavras que saem de uma boca que sorri. Depois, aos poucos, fui parando de pensar em tudo isso e, principalmente, desistindo da ideia de que sentiria logo esses sentires todos.

Quando cheguei, tinha mais do que meio metro quadrado. Eram menos pessoas, e por isso mesmo cada um de nós era mais gente. Acho que a gente só é gente se pode se esticar um pouquinho que seja. Mas, aos poucos, foi vindo mais e mais gente-que-não-era-mais-gente e cada um de nós foi se perdendo um pouco mais.

Vinte
e
um.

Vinte e um anos pensando em vinte um anos. É claro que tive distrações, das brigas aos carinhos, das saídas às chegadas, dos socos dados aos chutes recebidos. A vida foi, de alguma forma, conseguindo se encaixar nesse meio metro quadrado. Mas, se tento me esticar um pouco mais, a vida se aperta, reclama, dói. O espaço não é suficiente pra dobrar o corpo para a frente. Só posso me dobrar quando estou deitado, aí dobro as pernas, as abraço com os braços e, como um feto, encho o espaço que o mundo me destinou. E durmo algumas horas por noite, sempre interrompidas por gritos, pesadelos meus e dos outros, choros meus e dos outros. Mas a verdade é que, assim como no pátio, também os barulhos da noite na cela já me soam como silêncios.

Acordado, conto. Conto os dias pra alcançar cada ano de fechamento. Conto as refeições, que marcam os tempos dos dias por aqui. Tento, às vezes contar as horas, mas nunca chega a ser bem uma contagem: é mais um palpite que só vou saber se está certo quando chega a refeição e me conta que passaram as horas certas desde a última. Nos momentos mais difíceis, chego a contar os segundos, e assim crio algum nível de calma em meio ao caos. Contar segundos é a forma de terapia que me é permitida. Isso, só me tiram se me matam de vez.

Um
dois
três
quatro
cinco
seis
sete
oito
nove

Dezembro. Também conto os meses, e juro que às vezes eles, tão maiores, se confundem com os pequenos segundos, tão grandes ficam os instantes e tão distante fica o Vinte e Um. O tempo pequeno, que deveria ser um piscar, se estica e faz passar mais devagar cada tormento. O tempo grande, por outro lado, vai ficando tão longe que, quando se olha, parece um ponto pequenininho e impossível de alcançar.

Vinte e
um.

Visitas, recebi algumas. Mais no início, isso é certo. Minha vida foi se acomodando aqui no meu meio metro e, estando aqui dentro, deixei mais espaço para eles todos lá fora. E lá foram eles viver, como deve ser. O que não deve ser é o que é aqui dentro. A prisão é o limite entre existir e já não ser mais. Estar preso é estar e já não estar, é viver e já não viver, é ser empurrado para um canto da vida do mundo reservado para quem morreu e ainda não sabe. Vinte e um. Sou um fantasma que não atravessa paredes, que não atravessa grades, que não atravessa corpos e que tem um corpo bem concreto e que transpira e que cansa e que dói.

Vinte e um.

Consegui um relógio. Não digo como, porque o silêncio do pátio e o silêncio da noite têm um companheiro fiel: o silêncio do medo. Mas, chegando perto do fim do Vinte e Um, passei a carregar um pequeno relógio de bolso. Ele insistia em estar ali, mesmo que um relógio de bolso não seja o objeto mais certo para alguém a quem foi negado por vinte e um anos o direito ao tempo e o direito a ter um bolso. Mesmo que sem tempo próprio e sem bolso algum, eu consegui um relógio de bolso que tiquetaqueava. Passei a dormir menos, um pouco pela ansiedade de ver os segundos passando, um pouco pelo medo de que me roubassem o relógio – menos os meus companheiros de cela, mais os policiais.

É um relógio de metal, com encaixe perfeito para uma mão que o aperta como se apertasse ali a vida, o coração ou outro clichê sem o qual não se pode respirar. Mais do que o pátio, passou a ser o relógio meu espaço de ar e de luz. As costas do relógio brilham um pouco se consigo posicionar na direção certa, e às vezes posso até espelhar ali algum reflexo do que está fora da cela, como se trouxesse para o meu lado mais do que poderia caber no meu meio metro quadrado. Venço um pouco o aprisionamento, fico um pouco mais gente e, assim, também consigo trazer de volta um pouco de esperança e de sonho. O relógio não só reorganiza o tempo, mas faz meu espaço ficar maior e, assim, eu também posso crescer.

Vinte-e-um.

Hora de voltar. Sempre ouvi que o tempo não passa quando criamos muita expectativa de que passe logo. Aqui, não é bem assim. Os minutos passam de forma irregular. Alguns parecem segundos, outros parecem durar dias. Cada um dos minutos desses vinte e um anos foi assim, mas agora, prestes a entrar de volta no tempo, tudo é ainda mais embaralhado. A cabeça não para, os pensamentos aceleram, tudo acelera, os olhos se mexem mais velozes, o maxilar vai de um lado para o outro, o pescoço gira pra cá e pra lá. Quando percebo, o minuto já virou uma hora. Respiro. Tá quase. Mas aí o minuto seguinte não vira outro minuto nunca nunca nunca. Tá quase. Na minha mão esquerda, o relógio tiquetaqueia e apuro os ouvidos para escutar a mudança de segundo, apuro a palma da mão para sentir o ponteiro se mexer. Sinto a mão machucar, as juntas dos dedos doem. Tiquetaque. Tá quase.

Vintium.

Dou o primeiro passo na rua, na vida, no mundo. Alongo os braços para cima, estico os músculos das pernas, subo nas pontas dos pés. Dobro o tronco para a frente sem esbarrar em ninguém. Espicho. Aumento. Olho o relógio, o ponteiro não parece mais avançar aos trancos: desliza, sem pressa, sem dor. Sem esforço, ouço um carro passando ao longe, uma árvore balançando com o vento, um cachorro latindo, um passarinho cantando e uma voz de mulher dizendo oi enquanto sorri.

Um.

AMADURECIMENTO

Na noite em que se completaram seis meses sem sequer um pingo de chuva, nos sentamos na varanda do pequeno rancho onde vivíamos e trabalhávamos, trocamos olhares e não precisamos abrir nossas bocas para que todos entendessem que nosso vinho estava indo por água'baixo. Percebemos todos, ao mesmo tempo, naquele olhar de dez olhos, que não haveria uvas boas o suficiente para produzir o vinho que era, há quatro gerações, nossa fonte de alegria e de renda. Os próximos meses seriam de poucos sorrisos e pouco dinheiro, concluímos juntos, em silêncio.

A seca dos últimos seis meses prejudicara toda a produção. As parreiras, que se espalhavam pelos poucos hectares da nossa terra, imploravam por água, tão sem palavras quanto nós. Se só precisávamos do olhar trocado para compartilharmos o problema, as dúvidas e o medo, as parreiras comunicavam-se conosco por suas cascas enrijecidas e por seu toque gelado de quem morre devagar. Podas e repodas não adiantaram, a irrigação que podíamos fazer com nossos poucos recursos não foi suficiente e, com o tempo, até nosso poço secou, somando à sede das parreiras a nossa própria, cuja saciedade dependia dos caminhões enviados pelo governo duas vezes por semana e da água mineral comprada a muito custo no mercadinho do vilarejo. Mas as parreiras não demonstravam mágoa, apenas lamentavam sua própria incapacidade de frutificar com saúde e, no seco, choravam como nós, sem lágrimas.

Não queríamos, é claro, umidade demais no período da colheita, que já se aproximava. Isso significava que as chuvas já não adiantariam mais. Por isso, quando se completaram seis meses sem sequer um pingo de chuva, nos sentamos na varanda do pequeno rancho onde vivíamos e trabalhávamos e, nos nossos cinco olhares, dissemos uns aos outros, pai, mãe, filha e filhos, que era tempo de reorientar os planos. As poucas uvas serviriam para fazer suco, mesmo que um suco sem a doçura com que estávamos acostumados, e com isso teríamos que sustentar os próximos meses, juntamente com os barris de vinho que ainda envelhecia antes de ser engarrafado, guardados num galpão ao lado da casinha cuja varanda ocupávamos com nossos olhares falantes. Os barris eram organizados dos mais recentemente abastecidos para os mais antigos, dos vinhos que ainda sequer haviam fermentado para os que já se preparavam para rumarem às garrafas e alcançarem a fama. Nossos olharem alcançavam os da ponta mais nova. Logo eles passariam para três metros adiante, empurrando os demais também três metros mais, até chegarmos aos do fundo, que seriam engarrafados. Sulfitagem, fermentação, maceração, filtragem, envelhecimento, cada etapa ocupava uma fileira com cinco barris que iam sendo deslocados ao longo do galpão conforme cada estágio era superado. Não sabíamos, porém, quando os primeiros metros seriam novamente ocupados, pois não havia perspectiva de novos ocupantes para os barris destinados ao vinho ainda criança.

As parreiras já começariam a ser preparadas para o ano seguinte, que chegaria com a necessidade de uma grande safra para pagar as dívidas que iríamos precisar contrair com bancos, com nossos estômagos e com a história dos antepassados que nos haviam legado as terras, o dom e a coragem.

Na varanda, nossos olhares ora se cruzavam, ora se perdiam nas parreiras secas, nas estrelas brilhantes do campo ou nas taças de vinho que, de vez em quando, levávamos devagar à boca. Deixávamos beijar nossas línguas o líquido que antes deixara as parreiras, fazíamos amarrar nossos lábios o tanino, escorríamos por nossas gargantas a refrescância, permitindo que um leve amargor restasse nos últimos centímetros da língua. Os olhares para as parreiras escuras – pela noite, pela seca – eram tristes, mas era doçura o que seus filhos deixavam nas pontas de nossas línguas. Observávamos a quietude dos galhos, mal vistos por conta da hora, apenas espiados graças à lua cheia, e nossos olhares se voltavam para nós mesmos, circulando entre olhos de uns e olhos de outros, entregando levemente sobre cada pupila alheia a lembrança dos movimentos que corriam nas veias de cada parreira, em uma torcida silenciosa para que continuassem correndo.

Nosso silêncio era tal que era possível ouvir toda a vida que se movia ao nosso redor: sapos, grilos, árvores, parreiras e quase se ouvia até mesmo nossos próprios pensamentos. A poucos metros, os vinhos amadureciam nos barris e, se avivássemos os ouvidos, talvez pudéssemos perceber que, com o movimento, tornavam-se mais fortes, mais intensos, tornavam-se melhores segundo a segundo. Mas, naquela noite, lembrávamos dos barris apenas ao longe, como uma ideia longínqua. Nossos pensamentos estavam nas parreiras que morriam de sede e que não nos entregariam os frutos os filhos de que necessitávamos para viver como aprendemos.

Os minutos foram caindo um a um e, devagar, derrubando também nossas pálpebras. A tensão não havia chegado, todo o tempo fora tomado pelo cansaço, pelo desmoronar pouco a pouco, pelo escorrer da tristeza que deformava os corpos pela sede das parreiras e dos homens e das mulheres como se fossem líquidos – mas não eram. Os olhos embaçaram de lágrimas, de sono e de vinho e, sem que precisássemos combinar, trocamos a varanda pelas camas quase ao mesmo tempo, lentamente, em um arrastar silencioso.

Também foi ao mesmo tempo que acordamos sobressaltados no meio da madrugada por causa dos estalos a seca virara fogo e as parreiras suavam, ardendo e começando a se transformarem em seu último estágio possível o das cinzas Nos encontramos aos atropelos na varanda e por um instante estacamos para olhar o vermelho que crescia onde ansiávamos pelo roxo a morte que avançava por onde queríamos a vida Mas foi só por um instante Rapidamente nossos olhares voltaram a se encontrar e não precisou palavra para que entendêssemos o que era preciso Quase no mesmo passo em uma batida ritmada e rápida de pés descalços sobre a terra batida corremos todos ao galpão e enquanto alguns colocavam os barris com vinho ainda não fermentado sobre as empilhadeiras que usávamos para transportá-los cheios outros reuniam as mangueiras disponíveis pelos cantos Então ainda no mesmo passo que parecia ensaiado embora fosse inédito avançamos para o parreiral Cada um segurava uma mangueira e tornou-se responsável por um barril Conectamos as mangueiras aos barris e chupamos as pontas apertando-as em seguida semitapadas para conseguirmos um pouco de pressão.

O vinho mais jovem, ansioso por amadurecer, viu-se interrompido: jorrou pelas mangueiras em direção ao parreiral. Misturava-se às parreiras ainda vivas, às cinzas das que já haviam perecido, às uvas que ainda se agarravam aos galhos, à terra que ardia, alcançando as raízes de onde, tempos atrás, chegara ao mundo dos vivos. Tocava os galhos, as uvas, a terra e as raízes e evaporava junto, participando da fumaça que subia e alcançava nossos rostos, fumegando-os e entrando por nossas narinas até os pulmões. Nós, vinho, terra, parreiral, tudo se reunia e se separava, tudo se colocava no meio do caminho entre a vida e o nada, entre o envelhecer e o parar, entre o amadurecimento e a interrupção da chance de ser.

Aos poucos, o fogo cedeu. Junto à terra, restaram brasas tingidas de violáceo. Abaixo, as raízes estavam quentes, mas salvas. Acima, boa parte do parreiral sobrevivera ao fogo. Noite alta, exaustos, largamos as mangueiras, deixamos os barris do lado de fora e, em silêncio, ouvindo apenas nosso respirar esforçado, caminhamos até a varanda. Enquanto os outros se sentavam, dei mais alguns passos e entrei na cozinha, segui até a pequena adega particular que mantínhamos dentro da casa, peguei a garrafa da melhor safra que nossa família já produzira e retornei até onde os demais me esperavam, todos sabendo o que eu trazia mesmo que ninguém houvesse dito nada. Com os dedos ainda manchados do vinho que apagara o fogo e da fumaça violácea que nos envolvera minutos antes, abri a garrafa e ela passou de mão em mão, carregando e misturando as fuligens agarradas a cada um, movimento interrompido apenas pelos pequenos goles sorvidos diretamente do gargalo.

A ILHA

QUANDO EU CHEGUEI NA ILHA, TUDO ERA PURA MERDA. Quer dizer, "tudo" e "pura" pode ser exagero meu, tinha um espaço ou outro que era diferente. Era quase tudo merda. Agora, pelo tanto que já brigaram por essa terra, parece que é tudo ouro. E, de certa forma, é assim mesmo: merda e ouro.

Alguns anos atrás, eu ia remando meio ao léu, desanimado pelo dia ruim de pesca e planejando a hora de voltar. Já não era nenhum garoto e, depois de horas e horas no mar, mesmo com o costume, minha barba branca começava a esverdear de maresia, meus braços fraquejavam nos remos, minhas pernas finas inchavam e meus olhos passavam a piscar em câmera lenta. Fui remando, remando, remando, mais pensando na vida do que nos peixes, meio que quase sem pensar em nada. Nem percebi que a maré tinha virado e que jogava a favor, bem diferente do que acontecia quase sempre. Foi nessa maré diferente, nessa desatenção de remar sem rumo, que deu terra à vista.

Vi, lá no fundo do horizonte, uma subidinha escura que só podia ser terra. Comecei a remar com objetivo, que na verdade é bem parecido a remar pra nada, só que pensando diferente. E, ajudado pela maré, rapidinho cheguei lá. E era terra mesmo. Pouca, mas terra. Talvez o tamanho de dois campos de futebol, mas cheio de morrinho pra cá e pra lá. Só quando cheguei mais perto é que notei que esses morrinhos eram meio esbranquiçados, um branco que se alternava com preto e com marrom, uma coisa meio estranha de cor que não parecia cor de morrinho. E só depois que pisei é que notei que era alguma coisa em cima da terra que não era terra. Catei um pouco do chão, cheirei e nada, sem cheiro. Na mão era meio áspero, durinho mas não bem duro. No fim, foi olhando pro azulão do céu que descobri: os tais morrinhos não eram de nada a não ser de merda. Merda de uns pássaros que passavam por ali voando e cagavam por tudo.

Meio estranhado, fui caminhando e explorando a ilha. Nem tudo era merda: tinha uma ou outra árvore, alguma vegetação rasteira e um tanto de areia, quase sempre úmida pela água e por sabe-se lá mais o quê. De bicho, algumas algas, que nem bicho direito é. Só. E eu.

As coisas na vida dependem muito das outras coisas. Se pensar num país, dois campos de futebol é pouco. Mas, se andar com as pernas, é muito. Depois de andar tudo com as pernas, cansei. Já anoitecia, também, e decidi arrumar um cantinho pra dormir. Embaixo de uma árvore baixa, me encostei. Fiz meu casaco de travesseiro e deitei olhando meio pra frente, meio pra cima. Pra cima, eu via um montão de estrelas, a lua bem grande, bonito como só o céu no meio do mar consegue. Pra frente, um monte de merda e uma réstia de mar, com meu barquinho boiando manso e balançando lentamente com as ondas que chegavam macias, acariciando as franjas da ilha.

Pensei em saudades, deixei que viessem. Desde que minha mulher tinha me deixado, alguns meses antes, eu brecava essas ideias assim que sentia que elas iam me chegar. Quando ela me deixou, me acusou de não gostar de gente, nem dela. Ela disse que eu só queria estar rodeado de mar e que, por isso, eu nunca conseguiria ser mais do que já era – ela não falava de dinheiro, explicou, mas da minha capacidade de estar mais no que chamava de "mundo real". Não entendi bem, mas não acho que fosse tudo verdade: dela eu gostava, sim, ou confundia alguma outra coisa com um gostar bem grande. Mas que parecia gostar, parecia. Foi o que eu respondi. E respondi também que ela falava de um mundo real que era diferente do meu, que talvez cada um tivesse o próprio mundo real e que no meu, por mais que eu quisesse abrir a porta e ela quisesse dar um passo à frente, só eu podia entrar de corpo inteiro. E vice-versa. Ela chorava e dizia que eu não entendia mesmo e que nunca iria entender, que eu só pensava em mim mesmo e que, por mais que ela tentasse, não podia mais aguentar as ausências, as demoras, as solidões que sentia quando eu partia no barco. Adormeci pensando na solidão que vive do outro lado, a solidão de não ter quem chorasse minha demora e em como o meu mundo real era, agora, pouco mais do que eu mesmo.

Acordei com o sol nascendo. O céu e o mar iam se enchendo de um mesmo brilho, um brilho que brilhava cada mais claro. Eles recebiam a mesma luz, refletiam o mesmo brilho, mas, depois da escuridão que os tornava iguais, essa luz e esse brilho faziam com que fossem cada vez mais diferentes. Era uma cena que eu já tinha visto muitas outras vezes, na porta de casa ou de dentro do barco, mas nunca assim, nunca com tanto brilho,

nunca com tanta paz, nunca com tanta merda.
Subi no barco e me fui. Cheguei e não tinha ninguém me esperando, cheguei em silêncio e assim fiquei por dois dias, até que decidi voltar à ilha. E assim foi que a rotina foi mudando: poucos dias em casa, cada vez mais dias na ilha, até que a mistura já não deixava que eu soubesse bem o que era meu e o que era estrangeiro.
Sempre que a maré apontava para a ilha, subia no meu barquinho e, depois de algumas remadas, deixava que o mundo me levasse. E nesses dias, escolhidos a dedo, o mundo me levava para onde eu queria ir. Quando avistava aquele monte de merda já sabia que seria feliz por alguns momentos. Em cada excursão à ilha, caminhava por algumas horas, ia conhecendo cada canto, cada sombra, cada monte, cada chão. Ficava cada vez mais dias e, assim, tive que preparar um canto melhor para dormir, comer e pensar.
Devagar, sem pressa, montei uma casinha com galhos e lona. Tinha teto, tinha piso e tinha paredes, o suficiente para que eu ficasse na ilha tranquilo nos períodos de calmaria. Tinha, também, móveis e pequenos enfeites que eu mesmo fiz, par a par com a ilha: ela me cedia os materiais e eu dava forma de coisa. Foi assim que fiz um estrado e botei folhas secas em cima pra dormir mais confortável, foi assim que montei uma mesinha onde comia, foi assim que busquei nas árvores e nos peixes que o que comer. Foi assim, também, que talhei na madeira uma caixinha quadrada, do tamanho da minha mão, onde passei a guardar a aliança recém tirada do dedo. Para amaciar sua acomodação dentro da caixa, botei como base um

bom punhado de terra local, que não pude – talvez não tenha realmente tentado – separar da merda que se espalhava como inço pela ilha.

Quando era tempo de chuva, vento e frio, porém, a coisa complicava. Foi por isso que, semana a semana, fui levando umas pedras, não tão grandes que afundassem o barco, não tão pequenas que me custassem a eternidade na construção. Em uns poucos meses, tinha uma casinha ainda mais firme do que a que antes mantinha fora da ilha. Quando fechei a última resga do teto, olhei pra construção, respirei fundo e pensei que agora era a minha ilha e a minha casa. Em voz alta e com um ramo de folhas fazendo o papel de coroa, brinquei sozinho de me declarar rei. Como único habitante da ilha, me declarei também súdito. Rei de mim, súdito de mim mesmo.

A coisa toda se inverteu: eu dava pequenos pulos na minha antiga vila, passava um ou dois dias, pegava alguma coisa de que precisasse, e voltava para a ilha, para o meu reino. Não contei a ninguém e não acredito que alguém tenha percebido que eu já estava menos na antiga casa e mais na ilha.

Uma manhã, voltando ao meu pedaço de terra depois de um dia e uma noite na vila, notei um barco grande ancorado junto à ilha. Era um barco todo branco, brilhante, com a proa afiada pelo dinheiro do dono. Me aproximei e não vi ninguém dentro. Só quando cheguei na terra é que encontrei alguém: era um homem de terno cinza, bigode debruçado sobre a boca, cabelos grisalhos, as calças e os sapatos um pouco molhados, destoando do visual de poderoso que parecia querer passar. Estava sozinho e trazia na mão um pedaço de papel.

Mesmo que me visse desde longe, o homem se atrapalhou quando me aproximei. O papel, que estava na mão direita, foi passado para a esquerda meio no susto, enquanto a mão direita era estendida em minha direção. Confuso, aceitei o cumprimento e apertei a mão suada do homem, cuja umidade já amolecera o papel. Ele gaguejou um pouco até que conseguisse me explicar que seu país era o dono da minha ilha e que eu não poderia mais ficar lá. Já sabiam da casa, das idas e vindas e queriam saber para onde eu estava levando tudo. Eu esperei ele terminar a frase, mas deu o tempo de falar e não veio mais nada. Então, perguntei que tudo e ele rapidinho respondeu que tudo. Pensei que podia ser outra língua e que cada um estivesse falando de um tudo diferente, mas, quando ele apontou pra baixo, entendi que o tudo era o mesmo tudo, era tudo a merda.

Eu expliquei que não levava nada pra lugar nenhum, mas ele não acreditou. As sobrancelhas grossas e avermelhadas me ameaçavam, apontadas para o nariz com narinas que se abriam e fechavam rapidamente em um respirar nervoso. A conversa se complicou: ele queria saber e eu não tinha o que informar. Ele não acreditava que eu não levava a merda embora e eu não acreditava que alguém podia achar que eu andava por aí carregando merda no meu barco. Foi tanto verbo pra cá e pra lá que o homem se convenceu que eu não queria nada com aquela merda toda. Mas ele queria. E disse que a ilha era do país dele e que eu não podia mais ficar.

Mostrou o papel e disse que ali estava escrito isso, que eu tinha que ir embora e não voltar mais.

Eu olhei e só vi uns desenhos embaralhados. Às vezes eu leio um pouco, mas só na minha língua, não na dos outros. Então só me sobrou acreditar nele, mas não aceitei. Expliquei direitinho: não me importa de quem o papel diga que é a ilha, só quero ficar ali tranquilinho com a minha sombra e o meu barraco e o meu silêncio. Se o que quer é o monte de merda, pode se servir à vontade, tem pra todo mundo e eu nem faço questão. Mas não faça muito barulho, por favor. Ele fechou a cara rápido como fecha o céu quando vai chover no mar. Esbravejou alguma coisa que eu não entendi, virou as costas pra mim e se meteu mar adentro molhando os sapatos e as calças e as mãos que batiam irritadas nas ondas que vinham calmas em direção à ilha. Subiu no barco e foi embora.

Uma semana depois, eu dormia no meu barraco da ilha quando bateram na porta. Um homem de cabelos brancos bem rentes à cabeça, óculos de armação fina e boca pequena olhava curioso para meu barraco. Me deu bom dia, abriu um sorriso maior do que se podia esperar pelo tamanho de sua boca e se apresentou. Me apresentei de volta e aceitei o abraço que me ofereceu. O homem me parabenizou pela casa, que chamou de "exótica", e perguntou algumas coisas sobre minha vida na ilha. Sem saber bem porquê, respondi, sentindo que estava em uma conversa confortável, relaxante. Mas aí ele colocou a mão no bolso de trás da bermuda bege e de lá tirou um papel, de modo que eu soube: era uma nova onda do mesmo mar. E ele confirmou: a ilha era do país dele e eu não podia mais ficar. Me ofereceu algum dinheiro, disse que com aquilo eu poderia comprar um apartamento na melhor cidade do país dele. Eu olhei no fundo dos olhos dele, enxerguei ali essa vida que ele me oferecia e não precisei nem falar para que ele visse nos meus olhos que a resposta era "não". E não deu outra: "não". O homem estendeu o braço direito e apoiou a mão levemente no meu ombro, sem desmirar os olhos dos meus, e disse, com a voz suave, que seria melhor pra mim se eu aceitasse. Logo. Me entregou o papel, puxou minha mão para apertá-la em despedida e se foi.

Na vez seguinte, os dois homens chegaram quase ao mesmo tempo, em barcos diferentes. Dessa vez, os dois chegaram em ternos pretos, com gravatas grossas e óculos escuros, talvez tentando esconder as expressões fechadas que escapavam pelas bochechas e por entre as sobrancelhas. Eu estava nu, brincando de mergulhar no mar. E assim me deixaram. Como se não tivessem me visto – e me viram! – desceram dos barcos e saíram caminhando pela ilha, pisando a merda com seus sapatos brilhantes, apontando para lá e para cá e falando coisas entre si que eu não ouvia. Segui no mar enquanto vi que eles iam cada vez mais pra dentro da ilha, caminhando, apontando e falando.

Mergulhei, sentindo a água me abraçar, acariciar meu rosto e segurar de leve meus cabelos. Mergulhei no silêncio do mar, olhei aquele azul brilhante da água quando recebe os raios de sol do fim da manhã. Quando subi de volta, os dois homens estavam se batendo. Tão surpreso que poderia dizer assustado, corri em direção à terra com a atrapalhação típica de quem corre na água, pernas como que puxando cordas de água, braços equilibrando o esforço de um lado e de outro.

Olhava para baixo em uma tentativa visual de me equilibrar melhor e voltava o olhar para o local da briga, ansioso por chegar. Quando saí do mar já estava esbaforido e ainda tinha muito o que correr. Então, não me restando outra alternativa, baixei os olhos e corri.

Quando cheguei aos dois, eu quase não tinha mais força ou fôlego. A sorte é que eles também estavam exaustos da briga. Dois homens quase velhos, imagine! Estavam caídos cada um para um lado, os dois suados, ofegantes e com os rostos e as mãos machucadas de bater e de apanhar. Sei que é estranho, mas me lembro bem dos bigodes suados brilhando com o sol. Estavam tão cansados que a briga acabou por si mesma e, devagar, se levantaram com dificuldades e partiram sem me dizer palavra, cada um para o seu barco, gritando xingamentos em vozes enfraquecidas pelo esgotamento e que, por isso, mal se podia entender. Mas, antes que partissem, entendi que cada um dizia que a ilha era sua. Segui até a praia e me estiquei sobre a água boiando enquanto respirava e olhava para o céu azul que começava a escurecer para a tarde acabar.

Dois dias depois, chegaram os helicópteros, depois os aviões, depois os navios e, por fim, as bombas que saíam de uns para outros. Quando eram helicópteros e aviões navios, eu olhava curioso a movimentação. Quando a primeira bomba estourou, corri para dentro de casa, me encolhi em um canto e, com os olhos fechados e as mãos apertadas em torno da caixinha que guardava minha aliança, esperei. O medo intenso nos leva para uma realidade paralela, a cabeça começa a funcionar em outro ritmo, a atenção fica apurada, é o tal instinto de sobrevivência. É por isso que não posso dizer com certeza o tempo que durou, mas foram alguns dias, algumas horas ou alguns minutos. Quando as bombas pararam e só o barulho das máquinas sobrou, saí devagar e vi que o som era de despedida e de chegada: helicópteros e aviões iam embora e, dos navios, desciam para a terra grandes escavadeiras amarelas.

Corri até uma delas e perguntei o que estava acontecendo. O homem que a conduzia demorou para me ouvir, tão grande era o barulho. Quando finalmente entendeu o que eu perguntava, disse que não sabia detalhes, mas que tinham mandado recolher toda aquela merda. Perguntei quem mandou e ele não sabia. Perguntei por que mandaram e ele disse que falavam nos jornais que aquela merda valia ouro. Vejam bem: a merda valia ouro. De cima de outra escavadeira que se aproximava, me alcançaram um desses jornais. E era verdade: dizia que a merda que estava por toda a ilha era um adubo raríssimo e valiosíssimo e disputadíssimo. Li o resto e entendi que a merda era um tipo de dinheiro sujo e melequento que sai do cu de alguns pássaros – também raríssimos e valiosíssimos e disputadíssimos porque em extinção. Devolvi o jornal e a escavadeira seguiu seu caminho.

Eu olhei em volta aquele monte de máquinas em cima da minha ilha, respirei fundo e saí andando ilha a fora, entrei no mar e ainda segui andando até alcançar meu barquinho. Sentei de costas para a imensidão de água, de frente para a ilha, e me pus a remar.

Já ia dezenas de metros distante, mas meu pensamento se fixou na ilha. Pensei que, pelo menos um pouquinho, o meu mundo tinha entrado no dela, com a minha casinha, as pegadas deixadas pelas minhas caminhadas, as porções de areia apertadas entre os dedos. Minha marca ficara lá, mas logo seria engolida pelas máquinas, que apagariam as pontes que ligavam a ilha a mim. Mas, em mim, a ilha também deixara algo de si, e essas pontes as escavadeiras não poderiam derrubar.

Remava e não enxergava o azul infinito no mar, mas meu instinto e minha experiência o sentiam ao meu redor. Enxergava, sim, a ilha, cada vez mais ao longe, cada vez mais embaçada, cada vez menor, cada vez mais ilha, cada vez menos minha, cada vez menos eu. O mar foi aparecendo e tomando conta da minha visão, como que numa enchente só para mim. A ilha foi sumindo como se sempre tivesse sido uma miragem, e então esfreguei os olhos, apurei a visão e enxerguei até que já não pude enxergar.

Quando tudo já era mar, botei a mão no bolso do calção e senti a minha caixinha de madeira. Puxei a caixinha para fora e, por um instante, parei de remar, deixando que o embalo, o vento e a maré guiassem um pouco o barco. O vento batia na caixinha quando, enquanto segurava a base com a mão esquerda, abri a tampa com o polegar e o indicador da mão direita, com todo o cuidado para que nada se perdesse. A aliança estava ali, ainda em pé, encravada na terra, agora com o brilho da luz externa refletindo em suas dobradiças.

Com os mesmos dedos com que tinha aberto a caixinha, puxei o anel e, no mesmo movimento, como um esparadrapo arrancado em uma só dor – aguda e ligeira –, o arremessei ao mar. Larguei a caixinha no meu colo, ainda aberta, e respirei fundo. O cheiro da terra e da merda entrou pelas narinas e se espalhou por todo o meu corpo, me tomando de terra e merda e ilha. Devagar, daquela terra e merda e ilha que me preenchiam, um sorriso brotou nos meus lábios. Agora, remo.

TRAVESSIA

Quanto mais o barco se afasta, mais a cidade parece calma e, talvez paradoxalmente, sinto meu coração e minha cabeça cada vez mais agitados. É que, vista do mar, a cidade perde seus cheiros, não percebemos mais os movimentos e os barulhos tornam-se sons de paz. Mas faz poucos minutos que tomamos distância, então não esqueci: os ruídos são de medo, os movimentos são de fuga e os cheiros infestam as nossas narinas de morte.

Somos mais de quinhentos em um navio que não deve chegar aos 50 metros de ponta a ponta. Somos mais de quinhentos, e não quinhentas, por que somos seres, mas já não posso dizer com certeza se todos somos pessoas. A fome e o medo que se juntaram para criar o desespero nos apartam do que é o ser humano, não somos, aqui, animais sociais, somos selvageria quase pura na luta pela sobrevivência, o mais básico dos instintos.

Quanto a mim, sou um professor – ou era, agora sou apenas mais um esfomeado e apavorado que se espreme entre outros iguais para fugir. Fui um professor perseguido que, para se manter fiel ao instinto de sobrevivência, só poderia escolher fugir. Seguir lutando em minha terra já não era uma opção. Então me juntei aos demais seres do abismo, como bem descreveu-nos Jack London, e fiz desse barco minha ponte possível.

Dentre os mais de quinhentos que me acompanham, me diferencio apenas por um motivo: sou um dos poucos que faz a travessia sozinho. Há quem deixe a família, há quem a carregue e há quem por ela seja carregado. O meu caso não se encaixa nessas possibilidades: não deixo ninguém, não levo ninguém e sou levado apenas pela urgência. Também não deixo e não levo nada: não houve tempo, saí às pressas e, de qualquer forma, não haveria muito o que carregar e nada que eu quisesse manter da vida que agora deixo para trás enevoada na paz enganosa da distância percorrida pelo barco. A partida sozinho e de mãos vazias é triste, é verdade, mas, ao menos, preocupo-me apenas comigo. Talvez seja uma primeira sorte.

A entrada no navio não foi fácil, embora, para mim, os trancos e o empurra-empurra tenham sido amenizados justamente por eu não carregar nada nem ninguém, nem sequer alguma esperança de dignidade imediata: pude me espremer por qualquer pequeno espaço e, assim, consegui um lugar na área central da popa. A única chance de esticar as pernas é colocar-me em pé. Sentado, mantenho-me encolhido, os joelhos dobrados e envolvidos pelos braços. Confortável? Não. Mas, pelo menos, não estou entre os vários colegas de travessia pendurados na borda do navio, agarrados às barras de ferro para não caírem ao mar – se isso acontecer, já foram avisados, o barco não irá parar. Serão pelo menos dez horas de viagem em que não poderão ter qualquer descuido, mesmo à noite, mesmo que ondas maiores venham. Ter conseguido alcançar o centro da popa pode ter sido minha segunda sorte. Encolho-me e espero.

Nessas dez horas, não teremos qualquer comida que não tenha sido trazida pelo próprio viajante. Eu não trouxe nada. Nem um biscoito, nada. Não sei se conseguiremos comida assim que chegarmos, mas não trazer comida foi uma necessidade: não pude pegar nada e, mesmo que pudesse, quase nada havia que pegar. Alguns colegas de travessia trouxeram pequenos petiscos ou mesmo sacolas com suprimentos. Eu, não. Passo fome, é verdade, e sede também. Passarei essas dez horas sem comida, sem água e sem banheiro. Outros comem, tomam água e urinam e defecam nas próprias calças. Talvez, não ter o que comer ou beber seja mais uma sorte: não precisarei ir a um banheiro que não temos.

A fome não é uma novidade para mim. Nasci na pobreza, e não uma pobreza qualquer: estava entre os pobres de um povoado pobre de um país pobre. Consegui tornar-me professor e passei a ter uma vida relativamente confortável, até chegarem novas guerras que trouxeram novas fomes. Antes de embarcar em busca do futuro, a fome já era uma companheira amarga há meses. Embarquei magro como eram meus pais quando nasci. Penso que essa convivência reincidente com a fome seja, também, uma sorte, pois não estranho essa companheira de viagem e, sorte em dobro, minha magreza me demanda menos espaço do que se estivesse bem alimentado.

Solidão, escassez, fome, sede, popa, magreza: pareço pronto para me ejetar do abismo, me sinto preparado para chegar ao futuro, à nova vida, à terra firme. Mas o tempo parece estar piorando.

Talvez ele não esteja pronto para mim.

***

Começáramos a travessia já à noite. Naquele momento, as luzes da cidade brilhavam sob o silêncio e, conforme nos afastávamos, a cidade ficava mais calma, mais escura, e as estrelas pareciam destacar-se cada vez mais sobre nós. Mas, conforme metíamo-nos no mar, encontramos uma realidade mais brusca. Em certo momento, quando quase cochilava, fui despertado por um solavanco semelhante a um ônibus que passava por um grande buraco. Assustado, olhei em volta e, após a breve confusão da sonolência, lembrei que estava em alto mar ao ver que começávamos todos a sermos sacudidos por ondas não consultadas sobre nossa presença.

Gritos se espalharam por todo o barco. Gritos agudos, urros graves, choros infantis. Tudo balançava e, a cada oscilação, passamos a empurrar uns aos outros impelidos por forças que mal conseguíamos ver, menos ainda entender. Quando embarcamos, ninguém nos avisara do que poderíamos enfrentar, embora soubéssemos, na teoria, pela experiência de tantos que nos haviam antecedido.

O caos era total, mas não o enxergávamos, apenas sentíamos, o que aumentava o terror. O barco sacudia cada vez mais, cada vez mais éramos atingidos pela água e empurrados pelo vento e pelos corpos alheios que se chocavam contra o nosso sem qualquer chance de conter-se. Em meio aos gritos, podia-se ouvir o som das quedas na água de quem estava pendurado às grades. Por mais esforço que fizessem, não havia como resistir aos solavancos e ao desespero. Caíam como moscas e já não os enxergaríamos mais, seus gritos ficariam ocultos pelo alvoroço geral, seus corpos logo estariam cobertos pela água, a mesma água que se infiltrava rapidamente em seus pulmões.

De minha parte, procurava manter a calma, mas era impossível. Os sentidos ficaram apurados e, ao mesmo tempo, percebia tudo o que acontecia ao meu redor e também o que se passava dentro de mim. Em cada parte, fora e dentro, era como um furacão que levantava tudo e a tudo fazia perder a base, um furacão de água, gritos e corpos que se misturavam como se fossem, todos, apenas um ser feito de confusão.

Fui um dos últimos a cair à água. Antes que eu afundasse, alguns gritos já calavam, silenciados pela imersão da qual não mais retornariam. Mesmo assim, o barulho era infernal, com choros egoístas e com buscas por familiares escondidos pelas águas, afastados pelas ondas. Tentei manter-me calmo, mas as ondas não paravam e, em sua decisão de puxar-me para dentro de si, contavam com a ajuda de mãos e braços que, na ânsia de salvar o próprio corpo, esbarravam em mim ou me puxavam para baixo.

Meu esforço maior não era físico, mas mental. Sabia que, caso me desesperasse, morreria. Se deixasse o medo me dominar, bateria os braços de forma inútil, respiraria errado, deixaria os pulmões vazios e acabaria engolindo água e afundando. Somente a calma e a paciência poderiam dar-me uma chance.

O mar ganhava corpo não apenas pelas ondas,

mas pela água que voava para todos os lados, esparramada pelos braços que batiam como asas de quem despenca de um penhasco sem saber voar. A escuridão metia-nos em confusão ainda maior, tornando difícil entender quem ia e quem vinha, e de onde ou para onde.

O barco já desaparecera há tempos quando encontrei um pedaço de madeira em que me segurar. Fui um dos poucos que teve essa sorte. As ondas começavam a diminuir e percebi que a calmaria se aproximava por três direções: de dentro do mar, de dentro de mim e de dentro dos outros. Do mar, vinha trazida pelo enfraquecimento paulatino das ondas; de mim, chegava na esteira volante da segurança trazida pelo apoio na madeira; dos outros, nascia da morte que os aquietava no nada.

Ao meu redor, já quase não via mais braços a sacudir. Enxergava, sim, algumas silhuetas imóveis, narizes apontados para cima incapazes de levar ar aos pulmões. Em alguns minutos, o silêncio total finalmente fez-se: não houve onda, não houve grito, nada ouvi durante um instante inteiro. Então, chamados distantes, mais tranquilos, informavam vida ao mesmo tempo que buscavam informações sobre mais sobreviventes. Respondi que sim. Entendemos que éramos três os que seguiam com chances de completar a travessia.

Devagar, braçada a braçada, nos aproximamos. Nenhum sabia onde estávamos ou quais eram essas chances, mas sobrevivêramos à tormenta e nessa vitória nos apegávamos para, quem sabe, tirarmos a sorte grande que é o direito à vida. Unimos nossos apoios: um pedaço de madeira, um pequeno tanque, uma fatia de plástico. Nós, detri-

tos humanos, arrancados da terra onde vivíamos, agarrávamo-nos aos detritos do barco que nos deveria entregar a um novo lugar. Nos víamos, nós e os pedaços do barco, entregues a novas funções às quais fôramos obrigados pelas circunstâncias, sobreviver e fazer viver, completar a travessia mesmo que arrancados de nossos inteiros. Incorporamo-nos uns aos outros, gente e coisas, e esperamos.
Esperamos.
Esperamos.
Esperamos.
Foram muitas horas de espera, molhada, cansada, doída. Fome em meio a tanta carne morta, sede mesmo enfiados até o pescoço em água, exaustão ainda que na imobilidade, insônia apesar do relaxante barulho do mar, ansiedade a despeito da calmaria das estrelas acima de nossas cabeças.
Em silêncio, esperamos.
Ainda era noite quando ouvimos, ao longe, um motor. Despertamos de nossa economia de energia, de nossa fome, sede, exaustão, insônia e ansiedade. Foco total, nenhum pensamento a não ser a urgência de sermos vistos, notados. A dúvida: alguém perceberia que éramos, sim, seres do abismo, que estávamos, sim, nesse abismo de água e desespero, mas vivos?
Sim.

***

Ainda não posso ver as luzes da cidade, mas no céu, lá ao longe, seu reflexo já ilumina a noite. Não consigo distinguir cada ponto de luz encravado na terra, mas, no conjunto de claridade que, unidos, esses pontos projetam no ar, é quase como se eu já estivesse lá. Apuro o olhar e, no clarão do céu distante, penso ter visto até mesmo o futuro.

Se fecho os olhos, ainda assim a claridade permanece, penetrando levemente pelas minhas pálpebras cansadas, quase como uma sugestão. De olhos fechados, ouço o motor do barco, sinto-o aproximando-se da terra iluminada e, assim, já começo a escutar os ruídos de esperança, a notar os movimentos de chegada e a sentir o cheiro da vida.

DONAS DO TEMPO

Durante muito tempo, eu recolhi os dias do chão. Rasgados, jogados, sacudidos pelo vento, deixados para um passado que já não existia. Mas para mim eles eram a possibilidade de, nas histórias dos dias dos outros, encontrar algum traço ou alguma sombra dos dias da minha filha roubada de mim. Filha roubada, dias roubados que eu tentava recuperar a cada troca de ano, quando, dos prédios do centro da minha Montevidéu, voavam folhas de agendas e calendários, como manda a tradição.

Para encerrar o ano, quando passa do meio-dia do 31 de dezembro começam a voar pelas janelas os dias do ano que está acabando. Voam carregando em seus espaços antes brancos os compromissos já superados, as cicatrizes e os amores, os cafés e as consultas médicas, os aniversários, os batizados e os funerais. É uma forma de deixar voar o ano que passou e abrir os espaços para o que chega. Mas na minha vida é diferente: 1978 nunca acabou, embora já se tenham passado mais de três décadas. E os dias que os outros descartam eu recolho, escolho e guardo. Isso desde que os papéis que voaram pelas janelas foram os de 1978. Os papéis do ano em que roubaram a minha filha de mim.

Naquele ano, eu estava na luta por dias melhores. O Uruguai vivia sob uma ditadura e eu cometi o crime de querer falar. Fui presa, junto com meu companheiro. Descobriram que eu distribuía panfletos que pediam por democracia. Crime grave na

América Latina dos anos 1970. A punição do meu marido foi a morte, depois de vários dias de tortura. A minha, grávida de oito meses, foi esperar na prisão pelo nascimento da menina que pretendíamos chamar de Esperanza e, logo em seguida, vê-la ser levada do meu útero diretamente para algum lugar que nunca me contaram. Isso foi em julho.

Fiquei presa ainda até dezembro e, quando saí, minha prisão era minha cabeça, de onde não saiu nunca mais a ideia fixa de encontrar Esperanza. Eu era uma estudante de 25 anos de idade, mas sem família e com pouco dinheiro. Fui trabalhar na limpeza das ruas. No dia 31 de dezembro daquele ano, quando vi aquelas folhas voando junto ao prédio da Prefeitura, na praça que eu deveria limpar no dia seguinte, meu coração acelerou: talvez alguém tivesse anotado algo que pudesse me levar à minha filha. Sabia que muitos filhos sequestrados de presos políticos eram jogados às ruas, mas outros eram adotados por militares, policiais, famílias próximas da ditadura ou mesmo casais que não sabiam nem a origem das crianças. Talvez o vento trouxesse pra minha vassoura e pra minha pá um dos dias da Esperanza.

O dia 31 era feriado, eu só varreria as folhas no dia seguinte, mas não aguentei. Ali mesmo, com as mãos, recolhi alguns papéis e guardei dentro da calça, rapidinho pra que ninguém visse. Um misto de vergonha e medo. Vergonha pelo absurdo da tentativa, medo pelo que alguém com qualquer poder pudesse achar que eu estava fazendo. Foram umas dez folhas, de agendas diferentes, que consegui recolher e guardar entre a calcinha e a calça. Passei o resto da tarde ansiosa, contando os minutos e os passos para chegar em casa e para chegar o tempo de olhar para aqueles dias do passado recente e tentar achar alguma luz. Quando cheguei em casa, larguei imediatamente os papéis na mesinha da sala, sentei no sofá e comecei a ler.

13 de junho
15h30min – Dentista

05 de maio
20h – Aniversário Carlos

12 de dezembro
15h – reunião diretoria

25 de janeiro
Vazio

E assim por diante. Cada dia, uma vida. Menos uma. Nenhum sinal da vida que nasceu de mim. Nada. Nada. Vazio. Vazio. Choro. Soluço. Lamento. Mão fechada na mesa. Rosto afundado no sofá. Vazio. Sozinha.
No ano seguinte, varri a praça e recolhi algumas folhas, mas sem qualquer pista. E depois, igual. Vazio e vazio e vazio.
Sem democracia, sem Esperanza, sem meu companheiro. Vazio. Vazia.
Nunca desisti dos dias que colhia. Cansei de esperar o horário da limpeza no dia 1º. A cada dia 31 de dezembro, ao meio-dia, quando voavam as folhas pelas janelas, minha imaginação voava junto, olhando para cada um daqueles papéis e tentando enxergar ali um canto de letra que me trouxesse a

Esperanza. A vergonha me impedia de recolher os dias imediatamente. Esperava virar o ano, esperava a madrugada, e carregava minha ansiedade até as praças e ruas centrais da cidade para me apropriar dos dias dos outros. Minhas madrugadas de 31 de dezembro para 1º de janeiro ganharam uma rotina. Ler cada letra de cada papel que recolhia, tentar identificar ali um traço, um cheiro, uma sombra. Comprei um diário, onde comecei a colar alguns dos papéis recolhidos. Assim, ia formando uma história completa:

27 de abril
12h – almoço com Maria
14h – treinamento
20h – janta com Fernanda

11 de julho
07h – corrida

Alguns dias eram bem detalhados, outros não traziam nada anotado. Todos me interessavam. Por que os detalhes? Por que o vazio? Por quê?

Os anos foram passando sem respostas. Meu diário foi enchendo. Nos dias repetidos, descartava o novo ou o colava em cima do velho. Dias sobre dias, gentes sobre gentes. A vida se remontava. Tudo foi se acumulando, mas o vazio continuou. A cada dia 1º de janeiro, quando todos começavam um novo ano, o meu 1978 continuava, se espichava sobre a minha vida, sem lugar para dias futuros, só para o passado espaçoso que me tomava cada ideia, que sequestrava minha memória e meus caminhos, que me roubava a vida.

A ditadura caiu, a democracia começou a engatinhar, mas minha filha seguia desaparecida. O diário seguia saindo da gaveta a cada madrugada de troca de ano para receber novos velhos dias, com novas velhas tarefas anotadas e, talvez, cumpridas por pessoas que não eu, que não Esperanza. É claro que a minha busca não se limitava aos papéis jogados pela janela. Atuei em organizações que buscam por desaparecidos, me empolguei quando o governo decidiu procurar as crianças sequestradas pela ditadura, me decepcionei a cada dia em que Esperanza não nascia novamente nos meus braços.

Aconteceu em um 31 de dezembro, enquanto olhava para os papéis despejados na praça, ansiosa pela madrugada que me devolveria aqueles dias. Me chamaram pelo nome e me envolveram em um abraço diferente de todos os abraços nos quais eu já estivera envolvida. Encontraram minha filha. Encontraram Esperanza. E o diário não saiu mais da gaveta.

Hoje faz um ano que ela voltou. Foi um ano em que estivemos juntas quase todos os dias. Ela me contava das suas coisas e me perguntava das minhas, mas tudo o que eu queria era saber dos seus dias. E ela me contava. Hoje, pela primeira vez em mais de 30 anos, não vou para a praça olhar os papéis para depois recolhê-los. Os dias já não precisam ser escritos pelos outros e lidos por mim. O tempo já não se conta em folhas rabiscadas por mãos desconhecidas. O passado e o futuro já não têm outros donos que não eu e a minha Esperanza. Somos as donas do tempo.

CONTRAFLUXO

1. Mudanças

Vou fazer algumas mudanças nas formas de trabalho. Vão ser boas para todos nós, fiquem tranquilos. Jamais deixaria vocês na mão. Vocês sabem: trabalhamos juntos. Aqui não temos essa de patrão e empregado. Colaboramos uns com os outros. Eu sei que não seria nada sem vocês, assim como vocês não seriam nada sem os empregos que eu lhes dou. Então, trabalhamos juntos. Por isso decidi fazer as mudanças. Vocês vão poder dar mais ideias, sugerir ajustes na forma de produção, nas lógicas do trabalho, vão ter mais flexibilidade para ir de uma função para outra. Além disso, vamos fazer algumas alterações nos contratos de vocês. Provavelmente vamos ganhar mais dinheiro e, aí, talvez eu possa aumentar os salários de vocês. Então, a primeira coisa vai ser isso: todos vocês pedem demissão. Aí eu contrato vocês por fora, sem assinar nada. A gente consegue não pagar impostos, dessa forma. Aí pode ser que sobre mais dinheiro e, se sobrar, podemos conversar sobre quem sabe aumentar os salários. Vai ser bom para todos. A outra coisa é que vamos aumentar o tempo de trabalho de todos em uma hora por dia, e essa hora a mais vamos usar para que eu possa ouvir vocês. A cada semana, vamos fazer uma reunião com todos e vocês vão poder dar ideias sobre como melhorarmos o ritmo de produção. E vamos revezando vocês nos diferentes postos de trabalho, assim vocês podem aprender mais e, quando alguém faltar, qualquer um vai poder cobrir o turno.

Temos que conversar com todos antes de dar resposta. Mas tenho a impressão de que assim vamos trabalhar mais e ter menos segurança. Vamos ouvir todos e te avisamos.

2. Carinho

Não sejam intransigentes, não sejam conservadores. Precisamos evoluir, precisamos de progresso, de modernização. Vocês são inteligentes, não por acaso são os líderes. Liderem com responsabilidade e convençam os demais. Eu respeito muito vocês, quantas vezes já trabalhamos juntos para melhorar a empresa e para melhorar as condições de trabalho? Sempre fomos parceiros. Agora não seria diferente. Precisamos estar juntos para progredir, para modernizar as dinâmicas de trabalho, nossa empresa vai chegar ao futuro! Eu admiro muito vocês pela capacidade de diálogo e pela confiança que vocês têm dos seus colegas. Essa confiança existe justamente porque vocês conseguem perceber o que é justo, o que vai ser bom para, todos, sem radicalismos, sem crítica pela crítica, sem oposição pela oposição. Por isso eu acredito que vocês vão ser capazes de convencer todos e de contornar possíveis adversários e, juntos, vamos avançar! A tua esposa, por exemplo, não quer que tu participe mais das decisões da empresa? E, principalmente, não quer que o teu salário aumente, que vocês possam dar mais presentes para os filhos, botar mais coisas dentro de casa? Pois então. Para que isso aconteça, vocês precisam vencer os radicais que estão lá embaixo, precisam ter maioria para que possamos aprovar juntos as mudanças que vão ser boas para todos nós.

Conversamos com os companheiros e não temos como aceitar isso. Na verdade, é um deboche. O que tu quer é que a gente sugira coisas ou fique mudando de lugar pra aumentar os lucros de vocês, né? Como a gente vai ganhar alguma coisa com isso tudo? Isso só vai nos dividir mais e, pra vocês, deixar os bolsos ainda mais cheios.

3. Compras

Vocês me ajudam e eu ajudo vocês. Vocês vão ter cada vez mais peso na empresa. Podem até conseguir promoções. Ou mesmo benefícios por fora, porque os chefes não se esquecem de quem ajuda a empresa a progredir. Estamos juntos nessa construção para que a vida seja melhor para todo mundo, começando pela nossa empresa. Para estimular a modernização, eu posso oferecer para vocês um bônus, um apoio financeiro para que liderem os nossos outros colaboradores nessa ideia de modernizar a forma de gestão. Vocês podem ser promovidos, liderar essas mudanças, coordenar os grupos que queremos criar para discutir as melhorias nas dinâmicas de trabalho. E coordenando esses grupos podemos pensar em adicionais que estimulem vocês a chamarem os outros para esse desafio, que é um desafio de todos nós, é um desafio que precisamos encarar para melhorar a vida de cada um e para que nossa empresa cresça. Se isso acontecer, vai ser bom para todo mundo. Mas vocês são fundamentais nesse processo, por isso quero valorizar e reconhecer a importância do que vocês podem fazer por essas melhorias. E esse reconhecimento pode vir justamente com a oportunidade de liderança.

Tu não entendeu uma coisa: nós não estamos à venda. Não é com promoções – falsas ou verdadeiras – e não é com essa ideia de "liderança" que vai nos comprar. Não queremos liderar nada. Queremos respeito aos direitos dos trabalhadores e das trabalhadoras. São nossos companheiros, nossos colegas, e não vamos tentar manipular ninguém por um cargo melhor ou pior. Vamos chamar uma assembleia pra discutir a proposta de vocês, mas não é nos comprando que vocês vão conseguir nada.

4. Cuidado

Tenham cuidado. Vocês não sabem com quem estão lidando. A empresa é muito poderosa, tem conexões muito importantes em todos os lugares. Não entrem em uma briga que vocês não podem ganhar. Vocês talvez não enxerguem, mas estou lhes oferecendo algo muito bom. E, se vocês não enxergam, têm que perguntar para os nossos colaboradores. Eles não vão aderir a essas políticas radicais, a essas guerras sem sentido. Eles querem crescer junto com a empresa. Querem sustentar suas famílias. Querem ser felizes. E sabem que só é possível se colaborarmos. Se ajudarmos uns aos outros. Então não comprem essa briga, entendam que vamos crescer juntos. Poderíamos fazer tudo isso sem consultar vocês, mas estamos dispostos a trabalhar juntos, para benefício de todos. Mas cuidado: quem não apoia a modernização da empresa, não pode estar conosco. Não estou ameaçando vocês, mas só quero trabalhadores felizes aqui, só quero aqui quem está satisfeito e imbuído nas dinâmicas e processos da nossa empresa.

Não adianta querer nos ameaçar porque nós não tomamos as decisões sozinhos e nem lutamos sozinhos contra gente como tu. Como a empresa insiste nessa ideia, mesmo que a gente não goste, vamos chamar uma assembleia geral. Nossas decisões são em grupo e de acordo com os interesses coletivos, não com a vontade individual de um ou outro. Se maioria quiser, vamos aceitar a tua proposta. Mas acho que isso não vai acontecer. Se a maioria não quiser aceitar, vamos lutar todos juntos, custe o que custar, pra fazer parar a exploração e a tentativa de nos esmagar e nos espremer cada vez mais. Só depois da assembleia vamos poder dizer alguma coisa mais certa.

5. Dois ouvidos moucos

Entendi, vocês decidiram não aceitar. Mas a empresa decidiu realizar a mudança mesmo assim. Temos que nos modernizar, nos adaptar aos novos tempos, participar do progresso. Temos que colaborar uns com os outros para melhorar a produtividade. Quem não se adapta, acaba tendo que sair. Nesse caso, quem não quiser participar, quem não se envolver nas dinâmicas, vai precisar ser desligado. Porque agora a empresa vai ser assim: queiram vocês ou não, vamos trabalhar juntos, colaborando para melhorar a vida de todos e a nossa produtividade. Já a partir da próxima semana vamos começar a formar os grupos para melhorar os processos e flexibilizar as posições, com mais liberdade, novas experiências e participação no crescimento da empresa. Também vou começar a chamar vocês para prepararmos as novas formas de contratação.

A decisão da assembleia não é só de não aceitar essas mudanças. Decidimos também que, se isso nos for imposto, entramos em greve imediatamente. Então, se a empresa for impor essas condições, vamos parar de trabalhar. E temos apoio de muitos outros sindicatos e categorias. Vamos lutar até o fim pelos nossos direitos. Foi praticamente unânime: a resposta é não. Queremos manter nossos direitos trabalhistas, queremos garantias, estabilidade, segurança para planejarmos nossa carreira e nosso futuro. Queremos ter os mesmos colegas por perto, seguir com as relações que já estabelecemos, de coleguismo, de amizade, de companheirismo. E não queremos trabalhar cada vez mais e ganhando menos, ajudar de graça a gerir a empresa. Se a empresa quer retirar nossos direitos, só temos um caminho: é greve!

6. Lei

Essa greve é ilegal. Já acionei a Justiça e vocês vão sentir o peso do Judiciário sobre vocês se não encerrarem essa palhaçada e voltarem ao trabalho. Vão ser demitidos e vamos contratar, no lugar de vocês, quem queira colaborar com a empresa. Não quero vagabundos trabalhando comigo, quero gente comprometida com fazer o país crescer e interessada em crescer junto com a empresa. Rapidinho a Justiça vai mandar encerrar essa greve, vocês sabem que eles estão ao lado do progresso. Meu conselho é que todos retornem logo ao trabalho e, quem sabe, possam manter os seus empregos. Se essa história continuar, vou ter que demitir primeiro os líderes, depois os que insistirem.

Não temos mais medo. Não temos motivos para ter medo. A empresa nos tira cada vez mais, daqui a pouco não vamos ter mais nada. O que vamos perder se continuarmos a luta? O direito a obedecer? Não nos basta! Queremos, pelo menos, manter o que temos. Não vamos aceitar andar para trás. Se é para mudar, queremos mais direitos, melhores salários, menores jornadas! Não vamos deixar que a empresa reduza a trela, já curta, com que tentam nos amarrar. E o mais importante é que não estamos sozinhos. Há trabalhadores e trabalhadoras em todos os cantos indignados com as mudanças que estão sendo feitas também em outras empresas, com os rumos que o país está tomando, com a destruição dos direitos da classe trabalhadora. Vamos construir uma grande greve geral para começar as mudanças que o país precisa, para que o que é produzido pertença a quem produziu, para que a sociedade seja mais justa, para construirmos um outro mundo possível. E pode começar por aqui!

7. Ordem

A Justiça já decidiu que essa greve é ilegal. Quem continua com ela, portanto, não é trabalhador, é comunista! Quer desestabilizar a empresa, atrasar o país e prejudicar quem quer trabalhar.

Esses falsos líderes estão atrapalhando os verdadeiros trabalhadores, ordeiros e dedicados, que querem sustentar suas famílias. Se a greve não acabar, a empresa pode quebrar e todos vão perder seus empregos. Essa é a realidade. Precisamos restaurar a ordem imediatamente.

A Justiça de vocês não vai atar novos nós nem engrossar nossas amarras. Nossa Justiça é a Justiça do povo, é o direito de quem trabalha a ser respeitado e a tomar o destino em suas próprias mãos. Já há muitas outras empresas em greve para apoiar nossa luta, que é uma luta de todos e todas que realmente não trabalham, uma luta contra os parasitas que vivem do trabalho alheio, do suor que sai dos nossos corpos cansados e se transforma nas suas mansões, nos seus iates. Essa luta não é apenas dos empregados de uma empresa e o povo está começando a entender isso. A raiva que as correntes que nos botaram nos provocaram é uma raiva digna, justa, e é essa a Justiça que vamos aplicar, a da raiva à opressão e do amor à verdadeira colaboração, a Justiça da paz entre os povos e da guerra aos senhores. Vamos até o fim para defender os poucos direitos que nos restam e, se não houver recuo de quem nos oprime, esse rio de indignação vai transbordar, ultrapassar suas margens e transformá-las no leito sobre o qual passaremos em ondas nunca antes vistas. Como não aceitam nossa greve e nossas reivindicações, essas ondas vão tomar as ruas em protesto, vamos erguer nossos punhos e só baixa-los para, com o impulso de nossos ombros e braços, destruir as correntes com que os velhos donos do poder insistem em nos prender.

8. Porrete

Como não ouviram nosso canto tranquilo, têm que ouvir o porrete cantar. Esse protesto tem que ser respondido com força. Acabou a conversa, acabou a paz. Se não entendem quem manda por bem, vão entender por mal. É pra isso que temos a polícia do nosso lado, mentes, corpos e corações treinados para ensinar vagabundo a se comportar.

Ouçam o borbulhar que emerge em cada esquina. Ele nasceu na cabeça e nos coração de cada um e cada uma, temperado com as dores da opressão, e foi parido coletivamente nas ruas. Agora, ferve. O barulho não vai mais diminuir. O silêncio não vai mais voltar. Agora que chegou às ruas, a revolta não vai mais voltar aos nossos peitos, ela vai ocupar os locais de trabalho e as praças, vai guiar o nosso presente e construir nosso futuro. Que o suor e as lágrimas que já derramamos – nós e os tantos que vieram antes – se convertam em sangue, não importa. Vamos resistir, sobreviver e avançar, passo a passo, em uma marcha de múltiplas pernas que caminham no mesmo ritmo e com o mesmo fim. Nossos braços não aceitarão mais amarrar-se se não aos braços de nossos companheiros e companheiras e, com as pernas no mesmo ritmo e os braços na mesma corrente, seremos invencíveis. Cada pedra dessas ruas traz as marcas dos nossos calos, as mãos de cada um de nós moldaram a cidade, construíram os carros, os prédios, instalaram as placas. Esses pedaços de cidade são pedaços de nós, e como pedaços de nós farão parte do ferver das ruas e das bases sobre as quais construiremos nossos destinos. Sabemos que a repressão virá.

Mas sabemos também quem está ao nosso lado e quem estará conosco logo à frente. E é suficiente.

9. Desespero

Chamam-nos de ditadores, mas são esses comunistas que estão nos oprimindo, pressionando, sufocando. Querem tomar tudo o que temos. Precisamos fugir.

A vitória está próxima. A empresa está ocupada e os que por tanto tempo nos oprimiram tremem. E não apenas aqui: nosso exemplo faz com que tremam de medo todos os opressores em todos os lugares e, ao mesmo tempo, faz tremerem de esperança nossos companheiros e companheiras em todo o mundo. Os velhos donos do dinheiro e do poder queriam nos acossar cada vez mais. Queriam engordar suas grandes panças às custas da nossa fome. Queriam nos reconduzir à situação de total falta que chegamos a viver em diversos momentos da nossa história de proletariado. As conquistas de tantos anos nos seriam retiradas, todas, uma a uma, se dependesse da vontade dos de cima. Produziríamos suas banhas e nos entregariam como recompensa apenas o necessário para mantermos nossos ossos em pé. Não aceitamos! A resposta veio. Fomos à luta, unidos, ocupamos as ruas e agora alcançamos a empresa. Contamos, para isso, com a ajuda, o impulso e a força de tantos e tantas que trabalham em outros lugares, que não se beneficiariam diretamente, mas que terão no nosso exemplo um caminho e um amparo para suas próprias lutas, que também são as nossas. Os covardes que nos oprimiam fugiram. Sem suas forças po-

liciais e judiciais, incapazes de fazer com que seus cães nos mordam, assombrados pela nossa força coletiva desperta, sabem que não podem nos vencer. Por isso, fugiram. Lembrem-se deste momento: mudanças estão chegando.

10. Mudanças

A empresa agora somos nós. E a produção segue crescendo. Nenhuma perda, a não ser as correntes que nos prendiam. Coletivamente, reorganizamos os processos de trabalho e a divisão dos ganhos. Quem produz mais, ganha um pouco mais. Quem produz menos, um pouco menos. Mas quem produz menos não passa dificuldades. A gestão é feita por todos, direta ou indiretamente. Os comitês, formados por eleição nos setores, cuidam de cada ponto dos processos. As decisões mais importantes são tomadas apenas após assembleias, com participação de todos trabalhadores e trabalhadoras. Vamos construindo, no nosso possível, um pedacinho do possível para toda a sociedade. Não é fácil, é verdade. Mas quem disse que era fácil a vida sob o jugo dos antigos donos? Agora, trabalhamos para nós mesmos e, aos poucos, a força da solidariedade vem tomando conta dos espaços antes ocupados pelo individualismo e pela competição. Com esse espírito, já fomos capazes de reduzir as jornadas diárias e os dias da semana em que trabalhamos. E isso não faz com que nossos ganhos caiam, já que não há ninguém lucrando sobre o trabalho dos demais. A cada dia, uma pequena vitória nascida da vitória inicial, que poderia ser a ocupação da empresa, mas é anterior: é a decisão coletiva pela mudança. Vencemos porque estivemos juntos. E é porque seguiremos juntos que vamos fazer dessa nossa vitória uma vitória de todos. As mudanças já estão aqui. O contrafluxo agora transbordou e, se o movimento das águas continuar, elas transbordarão e faremos de todos os rios de oprimidos um grande mar de gente livre que flui em direção ao futuro.

ARAME FARPADO

Esta é uma história difícil, da qual talvez não devesse me orgulhar, mas que é, na verdade, a história do mais importante gesto que meu braço de tantos gestos já fez. Decidi contar o que aconteceu por conta da certeza de que amanhã serei condenado e porque guardo a esperança de que a História me absolva. Não espero de quem por acaso leia esses escritos nesses dias tão duros a mesma absolvição. Mas sei, pela experiência de ver nascer tantos sóis enquanto já carregava foices e enxadas, que outros dias mais suaves vão chegar. Talvez, nesses dias de mais pra frente, o mundo possa me ver como um ser humano. Escrevo com um pequeno lápis com pouca ponta em um velho caderno amassado que consegui por me portar bem. Não repare nas rasuras e nos rasgos que possam cortar minhas palavras. Minha vida também sempre foi um pouco assim – um pouco rasurada e cheia de rasgaduras.

***

Não foi só por mérito meu que cheguei à posição que cheguei. Meus avós já viviam e trabalhavam – mais trabalhavam do que viviam – na fazenda onde fui nascer. Meus pais, também. Mas nem meus avós, nem meus pais eram donos de nada. Eram, sim, muito leais ao dono. Foi graças a essa lealdade e ao esforço de levar os corpos ao limite que cada uma de nossas gerações foi chegando a posições melhores que a da anterior.

Meus avós chegaram àquela terra sem nada a não ser uma trouxinha feita com um lençol, amarrada a um pedaço de pau, envolvendo duas ou três mudas de roupas. Tinham sido expulsos da terra onde viviam e vagavam de porteira em porteira atrás de algum trabalho que lhes permitisse comer por alguns dias. Assim foram parar ali, onde acabaram ficando para, primeiro, trabalhar pela comida, e depois conquistar um pequeno pedaço de chão onde plantar algumas coisinhas, criar um ou outro bicho e formar uma família. Trabalhavam para o dono em troca do direito de trabalhar, nas horas vagas, para si.

Ali nasceu meu pai. Já chegou ao mundo em uma situação melhor do que seus pais, com uma casinha de barro onde viver, com uns metros de chão onde plantar para comer. Na mesma fazenda, conheceu minha mãe, que tinha condições parecidas. Quando se juntaram e meus avós morreram, ficaram, assim, com duas casinhas de barro e dois uns metros de chão. Juntaram tudo, trabalharam muito e fizeram com que eu nascesse. Quando morreram, eu fiquei com tudo, inclusive com a confiança dos patrões.

Foi coisa parecida, só que de jeito maior, o que aconteceu com os donos da fazenda. Um era dono, casou com uma herdeira de outras terras, tiveram um filho que herdou as duas, ele casou com outra filha de outros donos e, quando viram, tinham um filho que seria dono de um monte de chão. Foi pra esse filho, dono de um monte de chão, que eu, usador de um canto da fazenda dele, trabalhava. Era um canto maior do que o dos meus pais e maior do que o dos meus avós. E minha casa já não era de barro, mas de madeira. E o melhor, eu pensei quando me vi nisso tudo, é que os donos da fazenda confiavam em mim e, por isso, era eu quem comandava os outros trabalhadores.

***

O dono da fazenda, ao contrário do seus pais e dos seus avós, não vivia na terra. Morava na cidade, viajava o mundo, se encontrava até com o presidente, e dava pulo na fazenda só de vez em quando, principalmente quando achava que era hora de mostrar um pouco de força. Então, montava no cavalo que era só dele, se cercava dos trabalhadores mais fiéis, e saía pelas suas terras. Eu era um deles, o que cavalgava logo à direita dele. Junto, iam mais dois. E só.

Contornávamos toda a fazenda, rente ao arame farpado. O arame principal, liso, mantinha os animais de um lado e de outro. Suas farpas, pontiagudas, incisivas, eram um recado para os humanos: se ultrapassar, pode se ferir. Nas rondas comandadas pelo patrão, seguíamos junto ao arame farpado verificando se não havia rompimentos. Sabíamos que os animais não os fariam, já que a mera presença do fio os fazia parar. Mas, para os humanos, nem sempre o aviso oferecido pelo arame bastava. A região era rica em invasores que rompiam as cercas para roubar animais e comida, para sabotar grandes fazenas ou, simplesmente, para devolver o recado que tentávamos dar com o arame: não tinham medo.

O patrão ia de casinha em casinha perguntando como ia o trabalho e dizendo que tinha que ter mais produção, se não ia expulsar todo mundo. Dizia que tinha terras em outros lugares, que conhecia até o presidente, e que pra ele não fazia diferença um a mais ou um a menos trabalhando ali: se não tivesse mais produção, ia mandar embora. Ele falava isso tanto pra quem mais quanto pra quem menos produzia. Mas só quem sabia disso éramos nós, os de confiança, os líderes, os gerentes, como ele dizia. O objetivo era claro: evitar que algum dos trabalhadores relaxasse.

Às vezes, ele também acompanhava outros donos em tarefas mais perigosas, em muitos casos tendo ao lado, novamente, seus principais ajudantes. Geralmente à noite, atacávamos fazendas invadidas por sem-terra. Embora fosse um serviço arriscado, os patrões gostavam de estar à frente desses ataques, então se comunicavam por telefone, combinavam um horário e saíam juntos para retomar a terra de um dos seus. Montados em seus cavalos, adentravam às fazendas e avançavam sobre os invasores, laçando e chicoteando seus corpos. Quase sempre, o resultado era a fuga imediata. Quando isso não ocorria, os tiros de espingarda costumavam resolver. Em último caso, se a resistência se impunha, recuávamos e deixávamos o trabalho para alguém mais especializado – milicianos, policiais ou juízes.

***

Nem sempre a tática de motivar os trabalhadores pela ameaça de desemprego e despejo dava certo. Quando chegava alguém novo e a gente conseguia acomodar em um canto, com uma casinha simples e um pedaço de chão, todo o argumento tinha que recomeçar. Mas, como isso era raro, não chegava a ser um problema. O difícil era em época de colheita. Aí éramos obrigados a contratar um monte de gente perdida, avulsos que vagavam pelo país à procura de qualquer coisa. Esses não se interessavam realmente por agradar ou por fazer a fazenda prosperar. Queriam conseguir um teto e algumas refeições por um par de dias e se mandar, seguir seu caminho errante pelo mundo, livres de amarras, presos à necessidade.

Esses sujeitos eu costumava chamar simplesmente de Erro, um jeito mais fácil de dizer errantes, palavra que eu achava muito bonita, mas um pouco arrogante. Nessa época, eu mal sabia escrever. Foi justamente com um "erro" que eu passei a conseguir escrever o que pensava, a pensar melhor o que eu sentia e até a ler alguns livros.

***

Quando esse Erro chegou na fazenda, tínhamos pela frente uma colheita grande e poucos trabalhadores à disposição. Minha função era organizar tudo de forma que tudo fosse feito no menor tempo, com menos gente e com o mínimo gasto possível. Eu negociava ao máximo para tentar contratar cada um pelo menor salário. Mas nem sempre conseguia o que queria: como eu disse, dessa vez era muito trabalho e pouca gente disponível, sabe-se lá por quê. Foi em uma negociação dessas que conheci esse sujeito. Ele chegou com outros cinco e só ele falou: sabia que estávamos precisando de braços e dizia que eles só aceitaram trabalhar se fossem contratados os cinco e pagos a preço justo.

Mas não foi o que ele falou o que me impressionou. O que acabou por mudar tudo e me trazer até aqui foi o momento em que, como fazia com todos, olhei dentro dos olhos do Erro para ver se poderia confiar nele. Talvez minha impressão estivesse distorcida pelo martelinho que tinha tomado minutos antes, mas não tive dúvidas de que o homem trazia na cara os olhos de meu avô.

***

Os primeiros dias de colheita passaram como sempre. Mas os olhos daquele Erro não abandonavam meus pensamentos. Talvez tenha sido por isso que, ao contrário do que costumava fazer, fui, uma noite, participar da fogueira que os Erros costumavam fazer antes de dormir.

Em volta da fogueira, havia um pouco de música, mas era só para fazer de conta que aquele não era um momento de terapia em grupo, só para dar a chance de cada um distrair sua própria cabeça do que estava prestes a acontecer. Porque, depois de alguns tragos, a viola parava e cada um, sem nenhum combinado, sem nenhuma ordem, começava a contar pedaços de sua vida, alguns alegres, a maioria doloridos, todos de alguma forma bonitos.

Naquela noite, percebi que muitos estavam um pouco constrangidos com a minha presença. Pedi a palavra e tentei deixar claro que podiam se sentir à vontade, que eu também era um trabalhador, que entendia as dores e as alegrias, os amores e as raivas que pudessem trazer à fogueira. O Erro, então, em resposta, começou a falar.

Iniciou pelos amores, namoradas deixadas em cada paragem, amigos carregados apenas como lembrança. Para falar de suas dores, começou pela família que já não tinha e, em seguida, olhando nos meus olhos, disse que sua maior dor era saber que existiam trabalhadores que se vendiam fácil aos interesses dos patrões. Sem deixar de me encarar, disse que ali mesmo, naquela fazenda, tínhamos bons exemplos disso, de pobres desgraçados que esqueciam o próprio passado e não entendiam o presente, deixando o futuro nas mãos de seus donos.

Falou assim mesmo: seus donos.

Não fiz de conta que não era comigo. Levantei e, olhos bem abertos, veia saltada no pescoço, perguntei do que estava falando, se era alguma indireta, se estava insatisfeito com alguma coisa. Fui muito claro e direto, como sempre: se não estava gostando do lugar, que fosse embora. Se tinha algum problema comigo, que falasse, e resolveríamos na palavra ou na força. Ele também se levantou. Em todo o movimento, em todo o flexionar, forçar e esticar as pernas, no passo que deu à frente, manteve sempre os olhos diretamente apontados para os meus. Disse apenas que eu havia entendido muito bem quais os problemas dele com o lugar e comigo, e que, naquele momento, nada mais tinha a acrescentar. Virou-me as costas e foi embora.

***

No outro dia, de manhã cedo, circulei pela fazenda para inspecionar os trabalhos. O Erro estava lá, desde a primeira hora. Depois do desafio da noite anterior, esperava alguma falha para poder confrontá-lo e, talvez, mandá-lo embora. Por isso, parei por alguns minutos para observar enquanto trabalhava. Mas, em seu grupo, era dos que mais se esforçava, dos que mais suava e dos que mais poderia nos oferecer. Entre constrangido e decepcionado, segui meu caminho. Esperava encontrá-lo novamente à noite, na fogueira, e, quem sabe, provocar algum conflito para colocar tudo em pratos limpos, mostrar quem mandava, reordenar as coisas em seus lugares e restabelecer minha autoridade. Mas, naquela noite, ele não apareceu.

***

Chegou a manhã, vi que alguns trabalhadores não estavam em seus lugares e percebi que algo errado estava acontecendo. Fui até o posto de trabalho do Erro e ele também não estava. Perguntei por ele e todos seguiram em silêncio. Saí, então, em busca dos trabalhadores ausentes, até que encontrei todos em roda, perto dos limites da fazenda. No meio do círculo formado pelos corpos estáticos, outro corpo se movia de um lado para o outro. Conforme me aproximei, identifiquei a voz do Erro e pude perceber os largos gestos que construía com os braços, o peito e o pescoço. Se dirigia a cada um e falava para todos.

Quando notaram a minha presença, os trabalhadores começaram a separar-se, devagar, escondendo os rostos disfarçadamente, cada um para um lado. O Erro ainda tentou continuar seu discurso, mas logo ninguém mais o escutava, a não ser eu, que o observava fixamente, de cima do meu cavalo. Suas palavras agora se dirigiam apenas a mim e eram duras. Falou do direito à terra para quem trabalhava, reclamou dos salários e do desrespeito, denunciou as pressões por produtividade, disse que os patrões enriqueciam com o suor dos trabalhadores, que não faziam nada, que eram parasitas. Falou por muito tempo, sem parar, cerca de vinte minutos de um discurso que parecia dirigido a multidões, mas que apenas eu ouvia e apenas para mim era pronunciado. Sem conseguir desviar meus olhos dos seus, cada palavra foi absorvida pelo meu corpo como a água da chuva engolida pela terra seca – sem compreensão total, mas também sem chance de não se deixar ao menos umedecer. Quando terminou, permaneci em silêncio.

Foi em silêncio, às vezes nas sombras, às vezes sob a luz da fogueira, que, nos dias seguintes, ouvi ele falar sobre a necessidade de lutar por uma vida melhor para os trabalhadores da terra, para todos, lutar unidos, apoiar quem lutava nas terras próximas, entender-se como parte de algo maior. Falava sobre honra, sobre revolta, sobre passado e sobre futuro. Quando começava, todos silenciavam por fora, mas era fácil notar que, por dentro, estavam agitados, em movimento frenético, aos gritos. No meu caso, percebia essa diferença pelo calor que vinha dos corpos mais do que da fogueira. Porque não olhava para ninguén a não ser para ele, para seus olhos, de onde saíam direto para os meus suas palavras.

Algumas vezes pensei em denunciá-lo. Caso dissesse qualquer coisa ao patrão, a ordem seria dada imediatamente: mandá-lo embora. Mas, por algum motivo, não fiz isso. Guardei silêncio, frente ao patrão e ao Erro. Não comentei com ninguém sobre suas falas, nem com os que também o escutavam, nem com os que os que poderiam renegá-lo e escorraçá-lo. Meus parceiros, os trabalhadores mais próximos ao dono, não imaginariam que aquilo estava ocorrendo e, menos ainda, que eu ouvia aqueles discursos sem intervir.

Não se tratava de concordar ou não com seus discursos. Não consigo explicar o porquê, mas as palavras simplesmente entravam em mim. Me molhavam por dentro e não havia como me proteger. Era um aguaceiro que caía sobre mim sem piedade, querendo me levar de terra seca a dilúvio, talvez porque ele sentisse que alguma coisa nova poderia ser semeada ali. Talvez ele visse em mim terra preparada pelo tempo e pelo passado para oferecer frutos que pudessem ser colhidos direto do pé, sem cerca, sem arame, sem farpas.

***

Chovia torrencialmente na madrugada em que saímos rumo a uma fazenda próxima para expulsar alguns invasores. Cavalguei ao lado do meu patrão, único trabalhador da nossa fazenda que o acompanhei dessa vez. Junto conosco, iam outros cinco donos de fazendas da região, cada um ladeado por seu principal auxiliar.

Perto do alvo, nos dividimos. Cada dono, com seu auxiliar, seguiu por um lado. O objetivo era entrarmos ao mesmo tempo, rompendo as cercas e direcionando os invasores para que saíssem por um único flanco deixado livre. Eu e meu patrão seguimos pelo lado direito da fazenda, o lado mais longo partindo de onde nos separamos dos outros. Cavalgamos rente ao arame farpado até alcançar o ponto combinado para a entrada, de frente para um velho galpão que o proprietário havia indicado como estratégico para retomar a fazenda.

Chovia cada vez mais. Uma queda, especialmente sobre o arame farpado, nos impossibilitaria para a missão e ainda colocaria em risco nossas vidas e as dos cavalos. Então, fizemos os cavalos galoparem devagar, não queríamos arriscar um acidente, um escorregão, que colocasse tudo em risco. Tentando enxergar o galpão que buscávamos, apertava os olhos em direção ao outro lado da cerca, mas não conseguia ultrapassar as felpas do arame, que via misturadas à chuva e à escuridão cortada apenas por nossas lanternas.

Quando enfim alcançamos a altura do galpão, não precisamos falar nada para que o procedimento costumeiro fosse cumprido. Apeei do cavalo e as botas estouraram uma grande poça de água, respingando riscos escuros de água e lama sobre a frente da lanterna. A luz que eu carregava agora estava camuflada pelo barro, mas ainda me permitia enxergar à frente, mesmo que a a visão fosse picotada.

Tirei do cinto um alicate e, com ele, facilmente pude cortar o arame farpado. Enquanto eu ainda segurava a cerca, o patrão conduziu o cavalo alguns passos à frente, entrando no terreno. Minha mão esquerda seguia agarrando o arame, a direita trocara o alicate pela lanterna. Antes que pudesse religá-la, ergui a cabeça e meu olhar foi imediatamente direcionado pela luz que saía da lanterna do patrão para alguém que se movia devagar junto ao galpão.

Vi, também, que o patrão já erguia a espingarda e, sem aviso, preparava-se para atirar em um homem que estava de costas e que mal distinguíamos em meio à chuva e à escuridão. Ao mesmo tempo em que escutei o clique da espingarda sendo engatilhada, vi o homem se virando e, na luz da lanterna, brilharam assustados os olhos que eu tanto acompanhara nas últimas semanas.

A cerca ainda estava em minha mão esquerda. Em um impulso, apertei-a com força, minha mão foi penetrada pelas farpas de aço e meu sangue, quente, começou a correr. No mesmo movimento, puxei o arame com toda a força, alcancei o pescoço do patrão e o envolvi com o aço gelado. As tranças pontiagudas penetraram em seu pescoço enquanto eu o derrubava do cavalo e firmava o arame também com a outra mão para apertá-lo em torno do pescoço já cortado. O patrão se debateu por poucos segundos, entre sufocado e rasgado, o sangue escorrendo e juntando-se à lama e penetrando a terra. Então, parou. Já não respirava. Eu, por outro lado, respirava forte, agitado. Olhei à frente e encontrei os olhos do Erro, os olhos do meu avô. Eles me encaravam compartilhando algo que talvez fosse medo, talvez fosse surpresa, mas tenho quase certeza de que era esperança.

CASAQUINHO

Quando eu era criança, meu brinquedo preferido era diferente de todos os brinquedos preferidos das outras crianças. Não sei se é assim com todo mundo, mas, pra mim, era muito mais do que um brinquedo:, era um amigo. O nome dele era Casaquinho, e não é difícil entender o motivo: era feito de uma junção de roupas velhas e retalhos.

Minha família nunca teve muito dinheiro, mas, como ninguém por perto tinha, eu nem percebia que a gente era o que chamam de "pobre". Pra mim, a gente era só isso mesmo, só a gente. Quando eu ainda era uma criancinha bem inha, meus amigos e minhas amigas andavam de um lado para o outro carregando bichinhos de pelúcia surrados, desgastados, quase sempre de segunda mão. Na época, eu também não sabia que eram surrados e desgastados. Como só conhecia esses, achava que eles eram assim mesmo e pronto.

Eu também tinha um bichinho de segunda mão, um ursinho rosa que eu chamava de algum nome do qual já não me lembro. Eu não gostava muito dele, mas era meu único brinquedo, então seguia o exemplo que via por perto e ia para cima e para baixo carregando o ursinho rosa. Meu pai desapareceu logo que eu nasci, minha mãe trabalhava o dia inteiro e a vila não tinha escola. Então, eu passava boa parte dos dias perambulando com amigos e amigas pelas vielas, brincando perto de casa, incomodando as galinhas dos vizinhos, soltando pipa, jogando bola e, às vezes, correndo meio sem saber por que, só pelo correr. Quase sempre com o ursinho rosa.

    Quando um cachorro da rua me atacou, eu caí no chão de terra batida, machuquei o joelho e, protegendo o cotovelo da queda, em um reflexo, acabei rasgando a cabeça e os braços do urso. Quando chegou do trabalho, já tarde da noite, minha mãe me encontrou chorando baixinho em um canto da peça única que era o nosso barraco. Me acalmou, cuidou do meu joelho e costurou a cabeça do ursinho, mas os braços se perderam e tudo o que ela pode fazer foi fechar os buracos com retalhos de um pano velho para que a pouca espuma que ainda enchia o ursinho não escapasse. Mesmo com os abraços, carinhos e costuras, a experiência do susto e o trauma da perda passaram a me perseguir e, nos dias seguintes, quando ficava sozinho para a minha mãe ir trabalhar, não conseguia mais pôr os pés na rua. Ela saía, não sem antes tentar com voz macia parar meu choro, e então eu me encolhia no chão, agarrado ao ursinho costurado, e soluçava até dormir. Foi assim que minha mãe me encontrou por vários dias depois do caso do cachorro.

    Ela se preocupava, conversava comigo, insistia para que no dia seguinte fosse diferente, mas nunca era. Ela saía sob meus protestos e lágrimas e, quando voltava, lá estava eu, no cantinho, encolhido, às vezes ainda com o rosto molhado, às vezes tremendo de leve. Seu abraço me acalmava e era como se me devolvesse ao dia, mesmo que já fosse noite. Então eu me agitava um pouco, conversava com ela, brincava e, à noite, ao lado da minha mãe, dormia tranquilo. Era apenas um colchão fino estendido no chão de terra, mas tinha a minha mãe junto de mim. Em comparação com o cantinho no qual eu dormia sentado e sozinho durante as tardes, era como se eu descansasse sobre um algodão doce gigante.

***

Uma noite, percebi que me faltava o calor do corpo da minha mãe ao lado do meu. Acordei devagar e vi que uma vela estava acesa em cima da mesinha de madeira onde comíamos. Sentada em uma cadeira, minha mãe costurava algo que eu não podia identificar. Ela percebeu meu olhar, disse que estava tudo bem e pediu que eu voltasse a dormir. Eu fingi que obedecia, mas, de vez em quando, espiava com os olhos apenas um pouquinho abertos. Talvez ela soubesse, em sua sabedoria de mãe, das minhas espiadelas, mas deixou que eu brincasse assim. Aguentei por algum tempo manter as espiadelas, mas acabei adormecendo novamente.

No dia seguinte, acordei com minha mãe se preparando para ir trabalhar. Como sempre que o serviço era em dois turnos, deixara meu almoço pronto: uma sopa feita com muito caldo e alguns pedaços de legumes e frango. Antes que ela saísse, me pus a chorar mais uma vez. Minha mãe foi até a mesinha, pegou alguma coisa e voltou até mim, até o canto onde eu já me encolhera. Estendeu na minha direção o que trouxera da mesa e eu demorei alguns instantes até entender que era o resultado da noite de costura.

Com alguns trapos e tendo um casaco dela própria como base, minha mãe fizera uma espécie de boneco de pano. Era muito simples: O pequeno casaco fazia as vezes de barriga, peito e braços,; a cabeça era uma bola de meias pretas costurada na gola do casaquinho e, na base, um pano de prato partido ao meio, ao comprido, representava as pernas. Não havia enchimento algum, o que dava ao boneco um aspecto de magreza que combinava com a nossa casa. Os braços estavam costurados um ao outro, como em um abraço vazio . Na bola de meia, abaixo dos dois botões que imitavam os olhos, minha mãe fixou, com um fiapo de lã vermelha, um largo sorriso.

Eu peguei o boneco, mexi um pouco, concentrado, os olhos atentos. Olhava dele para minha mãe, dela para ele. O choro já havia acalmado, mas eu ainda sentia o volume das lágrimas que secavam no meu rosto. O silêncio era todo o possível naquele lugar, naquela hora. Somando nós três – eu, minha mãe, o boneco – mal saía um respirar completo.

Movendo os braços devagar, minha mãe pegou de volta o boneco, mantendo sua parte da frente voltada para mim. Esticou os braços do casaco e os soltou delicadamente em volta do meu pescoço, a cabeça do boneco encostada no meu ombro esquerdo. Pendurou assim o boneco em mim, somou-se rapidamente ao abraço, me deu um beijo na bochecha e, com um sorriso, saiu pela porta. Não chorei.

***

O boneco de pano, batizado Casaquinho, tornou-se meu companheiro de brincadeiras e de solidões, de risadas e de choros. Voltei a sair à rua quando minha mãe estava fora, sempre com o Casaquinho agarrado em mim, participando das brincadeiras ou simplesmente me lembrando de que estava presente com seu toque um pouco áspero, mas que, à minha pele, soava aveludado.

Casaquinho ia abraçado a mim, tão dependente do arrasto das minhas pernas para se mover quanto fui me tornando dependente do enlace dos seus braços para me soltar. Também em casa ele estava comigo, mas, com medo de que estragasse, despendurava meu amigo do pescoço quando ia jantar, tomar banho ou dormir.

Foi quando estava dormindo, certa noite de algum mês frio, que o barraco pegou fogo. Acordei no susto, minha mãe me puxando pelo braço, e corremos para fora quando o calor já estava em toda parte e pedaços de madeira iniciavam sua transformação de teto em cinzas. Quando, já alguns metros longe da casa, olhei para a fogueira em que se transformara, lembrei que não tivera tempo de pegar o Casaquinho. Dez outros barracos ao redor do nosso também desmoronavam aos poucos, mas meu olhar ficou a cada instante mais fixado no ponto onde meu boneco de pano deveria estar se dissolvendo em nada. Casaquinho sentira falta das minhas pernas para sair, para escapar do ardor do fogo, e agora eu, sem seus braços, teria um longo frio pela frente.

***

Houve frio e houve calor. Nos primeiros dias depois da perda do Casaquinho, chorava muito. Praticamente só parava de chorar para dormir e para comer. Como não tínhamos mais nosso barraco e havíamos perdido toda a comida que nos restava do mês, tanto o tempo de dormir quanto o tempo de comer ocupavam pouco espaço no relógio e no calendário.

Minha mãe também chorava, mas a gravidade de suas lágrimas eram outras perdas. Era o barraco queimado, era o morar de favor. Era a comida perdida, o armarinho perdido, o fogão velho, o colchão gasto, a TV em preto e branco. Era não ter nada e, de repente, perder tudo.

Nós dois choramos, cada um por suas razões, mas depois o riso foi aparecendo aos poucos, devagar, primeiro como uma pista, depois metendo a cara toda, se espalhando pelos olhos, pelas bochechas e até pelo nariz e pelas orelhas. Aí o choro voltava, e depois o riso outra vez. Assim foi e assim é pra todo mundo, perca o que perder, ganhe o que ganhar, chore o que chorar, ria do motivo que for.

Não é que eu tenha esquecido do Casaquinho, mas ele ficou na memória como um quando a gente aperta o colchão e ele continua apertado mesmo depois que a gente tira a mão. Eu continuei apertado, mas continuei.

**

Isso tudo já faz muito tempo. Hoje passei o dia me preparando para sair de casa mais uma vez. Dessa vez, minha casa é de alvenaria e não pegou fogo. Dessa vez, meus cabelos são brancos e minha barriga está cheia. Dessa vez, vou sem pressa, olhando de dentro cada canto da casa – e, dessa vez, os cantos são muitos, a casa já não é barraco e minha saída é planejada há meses. Vou para um asilo.

Sem drama, sem choro, vou bem. Vou porque quero, ou quase isso. Tenho a sorte da condição financeira razoável que muitos não têm. E tenho o azar que todos, exceto os que têm azar maior, são obrigados a carregar: o da velhice. Com alguma sorte e certo azar, vou indo. Sem pressa e olhando a minha casa de dentro.

Meu filho veio me ajudar e passamos o dia inteiro preparando as coisas. Ele insistiu para que eu fosse morar com ele, mas não quero que ele atrapalhe a minha velhice com o medo que me causaria o risco de atrapalhar a sua juventude. No lugar para onde vou, já moram alguns amigos e, pelo que dizem, é tudo muito bom: festas, shows, namoro e também o tempo para a necessária solidão de cada um, para um livro, um programa de televisão, um silêncio.

Acho que vai ser bom, mas nem por isso deixo de sentir saudade antecipada da minha casa, nem por isso deixo de notar que o medo está aqui. Medo não da velhice, mas do novo, esse novo que ainda me permito experimentar com gosto. Mas experimento como quem assopra a comida quente e, com a ponta da língua, toca o caminho para ver se pode seguir e encher a boca.

Tudo isso eu conto para o meu filho. Conto das sensações contraditórias, dos medos e das esperanças, da ponta da língua e da boca cheia, do lar que fica e da morada que vem. Ele sorri condescendente, não parece acreditar nas alegrias que ainda sinto, nas expectativas que ainda tenho. Não insisto: só com o tempo ele vai perceber que não se deve parar de viver até que o mundo nos expulse.

Com tudo já embalado e embarcado, paro no meio da sala espaçosa. Se já era grande com meus móveis, é enorme só com as paredes brancas, a porta de madeira e o lustre envidraçado. Olho ao redor, giro devagar sobre os calcanhares. Choro um pouquinho e meu filho me abraça, trocando por duas suas cada lágrima minha.

A tarde vai se encolhendo, um ventinho fino entra pela porta já aberta, pronta para a minha saída que será, também, uma nova entrada. Enquanto preparo o desenlace e decido quais serão meus últimos pensamentos antes da mudança, percebo apenas de relance que meu filho se afastara devagar, respeitando meu momento comigo mesmo, abrira sua mochila e tirara alguma coisa. Ele se aproxima de mim pelas costas, cobre meus ombros com um casaco macio, reúne as mangas junto ao meu peito com um pequeno nó e, abraçados, seguimos em direção à porta.

NA ÚLTIMA FRONTEIRA

Abri os olhos.
— Ué!?
— Como assim ué, filho? Tô cum alguma coisa na cara?
— Tá, sim. Cum vida. Mas você morreu. Não entendo.
— Tá confuso mesmo, garoto. Quem morreu foi você. E isso aqui só pode cê a tua alma visitando a minha em algum plano diferente.
— Que plano, que alma, que eu que morri, mãe? Foi a senhora que morreu. Mas não entendo como fui encontrar você aqui. Nem sei o que é aqui, na verdade.
— Como não sabe? Como você chegou aqui, se não sabe? Só pode cê coisa de outro mundo. Você tava morto, mas a alma não morre. Óbvio!
— Eu nunca tive morto, já falei! E eu tava sentado na areia, olhando o mar e, quando pisquei, tinha vindo parar aqui. E cum você na minha frente. Devo tê dormido e isso é um sonho, só pode!
— Se é sonho, é meu. E você que tá no meu sonho me visitando.
— Morto não sonha, mãe.
— Por isso mesmo. Eu to muito viva, quem tá morto é você.
— Não entendo porque você insiste nisso. Da onde tirou que eu morri?
— Eu vi, morreu, enterrei, tudo nos conforme. E eu segui viva, mesmo cum toda essa dor

enorme que fica.

— Não foi assim, mãe, a senhora tá confusa. Quem morreu foi a senhora, semana passada mesmo. E quem ta tentando seguir sou eu.

— Que que eu to confusa o quê, menino, me respeita!

— Onde será que a gente tá?

— Já falei, deve ser um sonho.

— Eita sonho escuro esse, hein. Seja meu ou seu, podia ter uma luzinha pelo menos.

— Mas como escuro? Mais claro que isso, impossível! Eu queria era uns óculos escuro pra tapá um poco dessa brancura toda.

— Eu só vejo a senhora brilhando, o resto é só escuridão.

— Pois eu vejo você aí no meio dessa claridade toda. Tanta claridade que parece mesmo o céu.

— Não vem cum alma de novo, mãe...

— Só tô dizendo...

— Como eu posso cê uma alma sem sabê que sou alma? Eu saberia, né?

— Como eu vou sabê?

— Ué, a senhora diz que é alma, deve sabê como sabe que é.

— Não me confunde, garoto.

— Olha, até há poco eu sabia que era um homem, vivo, sentado na praia. Se eu sabia, eu era. E como eu era, eu sabia. Como pode ser alma e não sabê?

— Não faço ideia, mas parece que é isso aí.

— A senhora sabe pelo menos como veio pará aqui?

— Não sei. Quando vi, já tava.

— Onde tava antes?

— No sofá. Tava tricotando. Pisquei e vim pará aqui. Devo tê dormido e tô sonhando contigo.

— Não pode, eu sei que tô aqui. Se fosse sonho teu eu não saberia de mim mesmo.

— Lá vem você de novo cum isso.

— A senhora cum a coisa de alma e eu cum isso. É justo.

— Não sei se é justo. Sei que ou é alma ou é sonho.

— Se for sonho, é sonho meu, que sei que tô aqui.

— E eu não sei? Tô bem aqui também.

— Sonho não é preto e branco?

— Mas você me vem com cada uma...de onde tirou isso?

— Não sei, já oví isso alguma vez.

— Bom, aqui tá tão claro que eu não tenho certeza se tem cor o não.

— Não sei onde a senhora vê claro. Pra mim tá é escuro, mas tão escuro que também não consigo sabê se tem cor.

— Olha, na verdade você tá estranho mesmo. Nem colorido, nem sem cor. Como se eu tivesse vendo dentro.

— Se eu tô vendo dentro, a senhora dentro é uma clareza só.

— Talvez é a idade. Tô brincando, nem tô tão velha assim.

— Pode ser a idade, mesmo. Será que no meu sonho eu vejo dentro e dentro de mim a senhora é assim, só luz?

— Não pode que dentro de mim você é escuro assim, mas talvez é só eu não vendo direito, não sei onde deixei meus óculos.

— Tão na sua cara. A senhora tá de óculos, mãe.
— Não diz locura, garoto, não tá vendo? Não tem nada na minha cara. Talvez eu dexei fora do meu sonho. Na mesinha do lado da poltrona. Talvez.
— Mas como tá sem óculos, se eu to vendo?
— Pode ser a sua imaginação.
— Mas como eu vô imaginá dentro do meu sonho?
— Não sei é como você vai imaginar dentro do *meu* sonho. Mas tudo bem, a gente não precisa entedê tudo.
— Certo, mas isso não sei como dá pra não entendê. Se eu vejo o óculos aí e a senhora não vê, como pode?
— Claro que eu não vejo meu óculos, já viu alguém vê o próprio óculos se ele tá quase grudado no olho da gente? Mas eu ia sentí se ele tivesse aqui.
— Às vezes a gente não sente e mesmo assim a coisa tá ali.
— E às vezes a gente vê o que não tá lá.
— Quanto tempo será que a gente ainda tem aqui?
— Não tem como sabê. Nem sei o que é aqui.
— Não vamo voltá nisso de novo. Já deu disso. Agora quero sabê do tempo. Quanto tempo será.
— Não tem como sabê do tempo que a gente tem aqui se a gente não sabe onde a gente tá, sem sabê o que é isso aqui.
— Não sei o que uma coisa tem a vê com a otra.
— Por exemplo, se aqui é um sonho meu. Então o tempo é até eu acordá. Não sei é como fui dormí assim, de uma hora pra otra, sentado na praia.
— Já falei que não pode cê sonho teu.

— Bom. Só pra não contrariá a senhora, vamo dizê que a senhora tá viva e quem tá morto sô eu e aqui é o lugar das alma. A gente tem que sabê isso pra aí sim podê vê quanto tempo a gente tem.

— Mas como vai vê?

— Como eu vou sabê? Se eu é que tô morto, é a senhora, que tá viva, que tem que sabê.

— Acho que os vivo sabem menos ainda que os morto.

— Às vezes é isso mesmo. Mas não porque os morto sabem alguma coisa, e sim porque os vivo não sabem nada.

— E se for um sonho meu vai até eu acordá, é isso?

— Acho que sim.

— Será que se eu acordá amanhã consigo sonhá assim de novo, com você?

— Olha, primeiro que o sonho não é da senhora, eu já disse. Segundo que, mesmo que sesse, acho difícil conseguí buscá o mesmo sonho de um dia no outro dia.

— Por quê?

— Porque eu acho que quando a gente sonha só vai até acordá de novo e aí acabô e a gente nem se lembra direito. O sonho é um pedacinho pequeno de imaginação que a gente tem dormindo. Só que pra cê tão intenso tem que cê pequeninihho, apertado no tempo, então muitas veis nem termina, para no meio e dali não passa.

— Eu nunca consegui pará de sonhar e depois voltá.

— Pois é.

— Mas também nunca tive tanta vontade.

— É, com vontade às veis pode cê que dê.

— Você já conseguiu?

— Não, mas tive bem menos tempo pra tentá. E os tempo pra mim são otros.

— Como assim?

— No tempo da senhora era tudo com mais pensá. No meu não dá, a gente corre, dorme ainda meio correndo e quando acorda já não lembra mais do sonho, aí não tem mais sonho nenhum pra voltá na otra vez.

— Mas e esse tempo já não é mais o meu, então, garoto? Como, se eu tô aqui?

— A senhora tá morta, mãe.

— Não tô. E mesmo que tivesse, ontem não tava, então esse tempo é meu, sim.

— Tudo bem, mas quando eu digo o "meu tempo" e o "teu tempo" eu tô dizendo do tempo em que a gente conseguia mexê mais no mundo. Depois que a gente fica velho o mundo mexe mais na gente do que a gente nele.

— Não fala bobage, garoto. Isso é coisa de vocês que achu que a gente tá morta mesmo quando a gente tá viva, só porque a gente tá velha. Eu mexo no mundo, sim. Se eu tô no mundo, eu mexo no mundo.

— Mas mexe como se, mesmo quando tava viva, nem saía mais de casa?

— Nem sempre a gente precisa saí de casa pra mexê no mundo.

— Como não?

— Quando você nasceu, por exemplo. Eu mexi no mundo por te botá no mundo.

— Mas aí quem mexeu fui eu, que nasci.

— Nenhuma mexida no mundo se faz sozinho. Qué dizê, o mundo se mexe pelo que você faz, mas você só faz porque antes alguém fez otra coisa.

— Não sei se entendi bem...

— Olha o nosso caso. Tudo o que você fez, tudo o que você mexeu no mundo. É muito. Muito mais que eu. Mas, se não fosse eu, você nem existia. Otra: se não fosse eu, se não fosse cada escolha certa ou errada que eu fiz, você não ia cê quem você é e não tinha feito o que fez. Tinha feito otras coisa, boas e ruins, mas otras. Teria mexido no mundo de otro jeito. E o mundo aí ia ser otra também.

— Não to entendendo onde a senhora qué chegá.

— É fácil. Cada um só é quem é por causa do mundo e o mundo só é esse aí por causa de cada um.

— Ih, depois de velha e morta resolveu virá filósofa?

— Não tem nada de filósofa, nada disso. Nem de velha e nem de morta, diga-se de passagem. Mas pensa bem. O que você ia cê fora do mundo? O que ia cê se não tivesse mais ninguém? Ia cê só um pedaço de pedra rolando por aí, sem nada de antes e sem nada pra depois. Não ia tê aprendido nada e, aí, não ia tê nada pra fazê: nem falá, nem andá, nem nada. Não ia tê nem com o que sonhá se não tivesse vivido nada antes.

— Mas não era a senhora quem tava sonhando?

— Não importa quem tá sonhando agora e quem não tá. O que importa é que você só pode tá no meu sonho porque eu tô no mundo e por causa das coisa que eu fiz. E, se o sonho é teu, a mesma coisa. Um só pode tá ali no sonho porque os dois tavam antes na vida. Nem que fosse só como uma ideia. Nem que você nem tivesse nascido, que ficasse só no meu plano.

— E se aqui é aquilo de alma que a senhora falô, como fica?

— Fica na mesma. A gente vai mudando.

— Mas a alma também mexe no mundo e o mundo também mexe na alma?

— A gente não tem como sabê bem como é a alma. Mas eu penso que tanto o corpo quanto a alma são que nem passarinho voando: se pará, cai. Então tem que ficá se mexendo, fazendo coisa, nem que seja só pensá. Pensá já é um jeito que a gente tem de voá. Porque mesmo quando a gente pensa a gente tá se mexendo e mexendo no mundo.

— O tempo não tem intervalo, né. Não tem parada. É como se fosse um movimento, só que não para nunca, mesmo quando a gente para.

— Na verdade, a gente também não para.

— Como assim?

— Mesmo quando a gente acha que tá parado, não tá. A gente tá mudando, tá todas as coisinhas se mexendo dentro da gente.

— A gente é que nem o tempo, então?

— Acho que sim.

— Mas se a gente é que nem o tempo, a gente passa, a gente acaba, e não tem alma nenhuma.

— Mas garoto, eu já disse que não sei bem como é isso de alma.

— Talvez alma também passe.

— No meu ver, não passa. Sabe por quê? Pelo aquilo que eu falei antes ali. Porque mesmo quando a gente morre, a gente deixou o mundo se mexendo cum o que a gente fez. Que nem um impulso no balanço, só que esse balanço não para nunca.

— Mas a senhora acha que a alma só vem quando a gente morre?

— Eu acho que não é que nem colocam em uns lugar, tipo fantasminha. Mas não sei. Talvez a alma é só um pedaço da gente que a gente não consegue vê.

— Nem entendê.

— Nem entendê.

— De qualqué jeito, o tempo continua passando sempre.

— Passa, sim, isso não tem como não ser. Aqui também. Mesmo sendo meu sonho ou teu sonho ou lugar de alma, tá passando o tempo.

— Como a senhora sabe?

— Porque a gente tá aprendendo e desaprendendo, a gente tá falando e ouvindo. Então a gente continua se mexendo e mexendo no mundo. Acho que isso é o tempo. É quando a gente tá, ou quando qualquer coisa tá. Isso é o tempo e isso também é o tempo passando, porque o movimento continua.

— Mas acaba.

— Não sei.

— Acaba pra cada um, pelo menos. Qué dizê, o tempo não acaba, mas o meu e o teu, sim.

— Depende. Mesmo quando acaba o meu ou o teu tempo, a gente segue se espalhando pelo mundo com o que a gente mexeu. A gente fez parte daquilo ali e então não tem mais como deixá de fazê.

— Ao mesmo tempo acaba e continua.

— Acho que e isso. Se a gente pensa que é um só, aí acaba. Mas, se olha bem, vê que é um pedaço pequenininho de uma coisa, e aí não tem o que acabe.

— A gente é as duas coisa, então. Um inteiro e

uma parte de otra coisa.

— Sim. Depende de por onde olha. E aí, pra fazê as coisa direito, só entendendo isso. Porque tem que fazê direito no tempo e fora do tempo.

— Aí você já não tá falando coisa com coisa, mãe.

— Tô, sim. Pra fazê bem a parte de si, do tempo que acaba, tem que vivê bem esse tempo, aproveitar as coisa boa que tem nele, que é quando a gente tá aqui. Mas, pra fazê bem a parte em que a gente é só uma parte, aí tem que fazê mais, aí tem que mexê no mundo de um jeito que ajude essa coisa maior a ficá melhor.

— Que nem uma mão que tem que tá boa pro corpo tá bom.

— Sim.

— Mas, ao mesmo tempo, ela também é uma mão.

— Sim.

— Só que, sem o resto do corpo, a mão morre.

— Que nem a gente. Se não tem o resto, a gente é só uma pedra, uma mão morta.

— E, pra mão tá bem, o corpo também tem que tá bem.

— Pois é.

— Só que, pensando bem, tem otra: tá, a mão é parte do corpo. Mas a gente também pode olhar só a mão e achar ela bonita.

— Sim, ela tem que tá no corpo, mas também pode cê uma mão bonita.

— É que nem a gente, então, mesmo. Porque a gente tá no corpo, mas também pode cê bonito se alguém olhá de pertinho pra gente.

— Mas pra isso a gente tem que se embelezá.

— Tomá banho, ajeitá o cabelo, botá ropa bo-

NASCEDOURO

Vi o mundo pela primeira vez e duas ideias se impuseram como possibilidades: ou ele era um espelho, ou ele era eu.

Impresso em outubro de 2022
para a editora Diadorim
Fontes
Alef
Bookman Old Style